L'inconnu de Noël et moi

Point de vue masculin

Éva Baldaras

L'inconnu
de Noël et moi

Point de vue masculin

© 2022 Éva Baldaras

Édition : BoD – Books on Demand, info@bod.fr
Impression : BoD – Books on Demand, In de Tarpen 42, Norderstedt (Allemagne)
Impression à la demande

Couverture : image fotolia, conception Éva Baldaras

Photos : fotolia, pixabay, canva

Correction Sandrine MARCELLY

ISBN : 978-2-3224-3605-7
Dépôt légal : novembre 2022

« Tous droits de reproduction, d'adaptation et de traduction, intégrale ou partielle réservés pour tous pays. L'auteur ou l'éditeur est seul propriétaire des droits et responsable du contenu de ce livre. Le Code de la propriété intellectuelle interdit les copies ou reproductions destinées à une utilisation collective. Toute représentation ou reproduction intégrale ou partielle faite par quelque procédé que ce soit, sans le consentement de l'auteur ou de ses ayants droit ou ayant cause, est illicite et constitue une contrefaçon, aux termes des articles L.335-2 et suivants du Code de la propriété intellectuelle »

Avertissement :

Cet ouvrage contient des passages et illustrations à caractère érotique.

Il est déconseillé aux personnes de moins de 18 ans.

Toute ressemblance avec des personnages existants ou ayant existé serait purement fortuite.

« Et juste au moment où j'étais bien tout seul
Tu m'arrives comme un coup de poing sur la gueule
L'autoroute de ma vie filait tout droit devant
Notre rencontre est un accident
J'ai envie de crier comme un nouveau-né
De hurler comme un animal traqué
Que l'amour est violent
Violent par dedans »
Extrait de *Que l'amour est violent,* Garou
Auteurs-compositeurs : Luc Plamondon, Aldo Nova Caporuscio, Rick Varag.

À vous lectrices, lecteurs, qui m'avez suppliée d'écrire la version qui expliquerait le point de vue masculin. La voici enfin !

À vous lectrices, lecteurs, qui n'avez peut-être pas lu le point de vue féminin et qui lirez celui-ci. Belle rencontre avec notre couple explosif !

À vous toutes et tous, sachez que vous allez découvrir une autre facette de l'histoire ! Ce point de vue masculin n'est pas uniquement une vision inversée. Des zones d'ombre de l'histoire au féminin vont s'éclairer, sans compter les scènes inédites et l'histoire de notre inconnu !

J'espère que vous l'accueillerez aussi bien que *L'inconnu de Noël et moi version Elyna* paru en décembre 2020 et surtout que vous aurez des réponses à certaines questions que vous vous posiez au sujet de Noël (le beau Canadien, bien sûr !).

Et si vous n'avez pas encore trouvé l'amour et que vous le cherchez, regardez autour de vous, et laissez faire le hasard, l'univers ou le destin…

Ou… le père Noël ??

Éva Baldaras

Prologue

Bordel ! Je me demande ce que je fous encore ici après soixante-douze heures de garde au lieu de me coucher pour être en forme demain.

Je déteste les *au revoir*. Moi, lorsque je pars, je m'en vais. Sans un regard en arrière.

— Tu es certain que tu as envie de rentrer chez toi définitivement ?

Je hoche la tête et avale une gorgée de bière. Il s'assied sur le tabouret à mes côtés et pose son verre sur le bar.

— Dans tous les cas, si tu changes d'avis, tu sais que tu as toujours ta place dans cet établissement de santé. Tu es un chirurgien hors pair, Noël.

— Merci, Antoine, ça a été un plaisir de travailler avec toi. L'hôpital te regrettera lorsque tu quitteras tes fonctions. Un directeur qui s'intéresse d'abord à l'humain aussi bien que toi est précieux.

Il me sourit, puis mon regard se pose sur les bouteilles d'alcool disposées derrière le comptoir de ce troquet parisien aux allures de pub irlandais où nous terminons la soirée.

— Le prochain n'est pas mal non plus, c'est un ami. Pour ma part, je m'en vais dans le sud profiter un peu de ma famille, que je ne vois que très rarement. À cinquante ans, il est grand temps que je pense à elle, tu ne crois pas ?

J'acquiesce d'un geste de la tête.

Sa femme et sa fille se trouvent à Montpellier, elles n'ont jamais voulu habiter à Paris. Je me demande comment il a tenu si longtemps loin d'elles.

Enfin, moi aussi, je suis loin des miens. Le Québec n'est pas tout près d'ici.

Je soupire et frotte ma barbe machinalement.

Mais maintenant, c'est l'heure de repartir chez moi. Je me suis assez exilé dans la capitale française. D'ailleurs, Antoine en connaît les raisons.

Deux ans pour oublier.

Deux ans qui ne m'ont pas fait perdre le souvenir de l'être que j'aimais le plus au monde.

À trente ans, il faut que je pense à moi.

— Toi, je pensais que tu allais te caser avec qui tu devines, me dit-il avec un clin d'œil en posant ses mains sur son pantalon en toile.

Je secoue la tête en riant et retrousse les manches de mon polo.

— Lisa est une erreur. Juste une fois qui n'a pas compté.

— Ah ? Je croyais que c'était plus sérieux entre vous. Bah, tu sais comment c'est, elle se voyait déjà au bras d'un chirurgien de renommée et en parlait partout !

Comme toutes celles qui m'ont fait du charme ces derniers temps. Les femmes sont-elles toutes intéressées ? Je n'en sais rien. Je n'ai eu qu'une petite amie il y a cinq ans et je me souviens à peine de son odeur. Ni de ce qu'elle désirait vraiment. Enfin, si. Elle détestait rester seule lorsque je partais au boulot. Trop souvent, selon elle. S'unir avec un comptable est plus confortable de ce point de vue, je suppose.

D'ailleurs, j'ai appris de mes parents qu'elle nageait dans le bonheur avec son mari et son enfant.

Je suis heureux pour elle.

Mon ex-boss boit une gorgée de panaché et repose son verre sur le comptoir avant de passer à un autre registre.

C'est drôle, il porte le même polo bleu que moi.

— Tu fêtes Noël chez ta mère et ton père ? me demande-t-il en passant une main sur ses cheveux bruns d'une manière automatique.

Je secoue la tête avant de préciser ma pensée. Il connaît toute mon histoire, c'est devenu un ami. Celui qui m'a tendu la main sans hésiter une seconde, alors que je nageais en pleine tristesse à l'époque. D'autres ne m'auraient pas laissé ma chance, car un médecin ne doit pas montrer ses sentiments ni ses émotions, n'est-ce pas ? Il doit mettre des œillères et avancer. Dans sa vie comme au boulot. Enfin, surtout au travail. Mais nous sommes des hommes et certains passages de nos existences nous marquent. À l'hôpital, j'exerçais mon métier, sans m'étendre sur ma vie personnelle. J'étais mal et n'avais envie de rien, sauf de soigner. Il m'a fallu tout ce temps pour retrouver un semblant de sourire.

Et une photo.

— Chez Charlie et son fiancé, à Montréal, ils se marient à Noël. Je me rendrai chez mes parents plus tard, ils habitent à Québec. Je prends mon nouveau poste à l'hôpital de Montréal officiellement la semaine qui suit le réveillon. Mon contrat est déjà signé, comme tu le sais.

Il incline la tête, puis fait une moue approbatrice.

— Aucune chance de te retenir, alors ?

Je lui assène un petit clin d'œil complice. Ses yeux bleus me scrutent.

— Aucune.

— Et la prédiction de la voyante de l'autre jour ?

Je ne crois pas aux présages, mais une patiente a tenu à me remercier en me tirant les cartes, elle y a deviné un avenir merveilleux pour moi. Étrange cadeau, mais j'ai cédé. Allez savoir pourquoi.

Parce que je suis content qu'elle vive et je voulais lui faire plaisir.

— C'est n'importe quoi ! ris-je.

On s'esclaffe tout en avalant nos boissons cul sec, avant de commander une nouvelle tournée.

Mon esprit est déjà ailleurs. À demain, plus exactement. À l'aéroport, puis dans l'avion destination le Canada.

Ma main droite se pose inconsciemment au milieu de ma poitrine. J'ai la sensation que quelque chose se déchire en moi dans l'expectative de quitter Paris. Comme si quelqu'un pouvait me retenir. Quelqu'un que je ne connais pas encore. Et ce sixième sens m'emmerde.

Mais je ne peux plus envisager de rester en France. Mon existence est dans mon pays natal.

Là où était la sienne.

Chasser les démons qui me hantent depuis son décès en m'expatriant ne sert à rien, car ils sont présents, toujours aussi tenaces. Même à des milliers de kilomètres du cimetière où repose son corps.

La prédiction de la voyante dont j'ai sauvé la vie ?

« *Vous partirez d'ici pour rentrer chez vous. Mais vous reviendrez sur vos pas, car la femme qui vous est destinée se trouve juste à côté de vous, à Paris, dans l'hôpital où vous travaillez. Vos yeux gris rencontreront ses yeux verts et ne se lâcheront plus. Vous serez de retour en début d'année prochaine.* »

Je secoue la tête mentalement.

C'est idiot ! Tout est réglé. Plus d'appart depuis une semaine, plus de boulot à partir de maintenant, plus de rien du tout ici.

Soudain, la même sensation désagréable me surprend au milieu de ma poitrine. Cette fois, elle me rend fébrile.

Lisa ne compte pas, c'était juste un coup d'un soir. Et *l'autre*… n'existe pas pour moi. L'inverse est encore plus vrai.

Alors, pourquoi tu as l'impression que tu ne veux pas quitter Paris définitivement ?
Putain, si je savais !

Quoi qu'il en soit, je dois prendre cet avion. Et je ne dois pas le rater. Ça, c'est une certitude.

Je sors mon téléphone de la poche arrière de mon jeans et regarde l'heure machinalement : minuit. Je vais rentrer à l'hôtel, ma valise n'est pas encore complètement prête et je dois me reposer.

Une nouvelle vie m'attend et j'ai hâte de la commencer *chez moi*.

Chapitre 1
Roissy

Lorsque je sors du taxi, une bourrasque me gifle. Le vent souffle fort, aujourd'hui.

Je resserre le col de ma veste et m'empresse de rejoindre l'arrière du véhicule pour récupérer mon bagage. Il fait froid, à peine un degré d'après la météo, mais rien de comparable aux températures de la ville de Québec, où je suis né.
Le chauffeur sort ma valise du coffre de sa voiture et je l'empoigne, juste avant de payer ma note.

Je soupire et passe une main sur mon visage fatigué. Après notre soirée, Antoine a été bipé en urgence. Le chirurgien de garde n'était pas joignable, moi si, donc j'ai pris le relais à l'hôpital de deux heures à quatre heures du matin. Autant dire que je suis content de ne pas piloter l'avion dans lequel je vais prendre place.

Ma patiente est décédée sur la table d'opération, je n'ai rien pu faire de plus, elle est arrivée trop tard aux urgences. Je déteste quand l'issue n'est pas heureuse.

Je soupire et enfile mes œillères comme d'habitude pour oublier ce qui s'est passé, ne pas porter le malheur de son mari sur mon dos et ses pupilles remplies de douleur lorsque je lui ai annoncé la triste nouvelle : je ne suis pas Dieu, je ne suis qu'un être humain.

— Vous partez loin ? me demande-t-il, me tirant définitivement de mes pensées.
— À Montréal.
Il hausse les sourcils et exécute une moue d'étonnement.

— Vous auriez mieux fait de vous mettre en combinaison de ski. Mon frère habite là-bas et *a priori*, ça caille à vous brûler les os ! rit-il.

Son sourire amène le mien.

— J'ai l'habitude, je suis Canadien.

Il pointe son index devant lui et me fait signe d'un geste de la tête. Je le suis.

— Quoique, quelques flocons commencent à tomber, regardez ! Il paraît même qu'on prévoit une tempête de neige ! Ça fait longtemps qu'on n'a pas été bloqués sur les routes ! s'esclaffe-t-il.

— Faites attention, alors, lui dis-je sérieusement, ma vocation revenant au galop.

Quelques-uns peuvent tomber du ciel, c'est vrai, mais dans cette capitale, un demi-millimètre de poudre blanche s'échoue sur le bitume et c'est déjà le *black-out*.

Il n'en demeure pas moins que les imprudents tentent le diable. Et qu'en cette période, les médecins sont une denrée plus rare encore.

— Bon voyage et joyeuses fêtes, alors ! conclut-il en grimpant sur le siège conducteur.

Un signe de la main en sa direction plus tard et j'entre dans l'aéroport.

L'an dernier, j'ai passé Noël à l'hôpital, avec un maigre plateau-repas que j'ai à peine touché entre deux urgences, et cette année, j'assisterai au mariage de Charlie, l'ex de mon frère. Celle avec qui j'entretiens d'excellentes relations. Elle épouse un Français dans quatre jours, un mec exilé au Québec. Julian est devenu un pote, pourtant, je ne l'ai vu qu'une seule fois physiquement. Nous avons pris l'habitude de discuter régulièrement sur Skype. Amoureux des grands espaces et de la neige comme moi, il a toujours rêvé d'y vivre. Il avait intégré un programme d'étudiants et c'est mon pays qui lui a offert son premier poste de journaliste.

Il a rencontré mon amie il y a deux ans, après le départ de mon frère. Il l'a réconfortée et elle a fini par lui céder. Ou l'inverse, Charlie est très spontanée et entreprenante, si je peux dire ça ainsi. Jurer que ça ne m'a rien fait de la voir passer à autre chose serait mentir, car j'ai pensé qu'elle oubliait trop vite celui qui devait être son amour éternel. Mais le passé doit rester à sa place, le temps défile, et Julian est un chouette gars.

Je soupire.

Lui aussi a eu ses déboires. Comme Charlie et moi.

Ses deux parents sont morts dans un accident de voiture, en glissant bêtement sur une plaque de verglas, laissant deux orphelins. Lui, et sa sœur. Le pire ? C'est qu'ils ont perdu la vie le jour de l'anniversaire de leur mariage, un 24 décembre. Charlie et Julian ont décidé de se dire oui à cette date. Une manière de conjurer le sort, je suppose. Mon frère est décédé pendant la période de Noël lui aussi, à la même date. Comme les parents de mon futur *presque* beau-frère.

En ce qui me concerne, je suis toujours seul. Je m'enfonce dans le travail. Mon unique raison de poursuivre. Ma destinée.

Vivre pour soigner les autres.

Je grimace en pensant qu'à l'hôpital, personne ne pourra m'appeler à la rescousse en cas de besoin, car je serai loin. Mais c'est mon choix, ils devront faire sans moi, maintenant.

J'espère que mes collègues qui sont de garde les jours de fête n'auront pas de cas difficiles à traiter. Que les urgences disparaîtront et que les personnes passeront un bon Noël sans emmerdes. Mais les drames seront toujours monnaie courante, malheureusement.

Je respire profondément, puis accélère le pas.

Soudain, l'image d'une photo de femme traverse mes pensées. Je secoue ma tête pour l'effacer.

Je ne sais pas pourquoi cette fille m'obsède ainsi, elle vit à Paris, je ne la rencontrerai jamais. D'ailleurs, je ne l'ai jamais vue physiquement. Pourtant, mon cerveau ne songe qu'à elle depuis que mes yeux ont accroché les siens sur ce papier glacé. Je dois entamer une désintoxication spirituelle !

Je rentre chez moi. Définitivement.

J'enregistre mon seul bagage en soute et me rends dans la boutique *duty free*, pour acheter un souvenir de Paris. Une tour Eiffel, un bouquin, quelque chose, pour ceux qui vont m'accueillir chez eux. Je déteste arriver les mains vides, même s'ils vont me haïr, car ils ont le cœur sur la main et ne souhaitent rien en retour. Comme l'an dernier, quand je leur ai offert deux mugs à l'effigie de l'Arc de Triomphe. Ils ont braillé comme des putois et en définitive, ils prennent toujours leurs cafés dans mes tasses.

Ma bouche dessine un sourire à la pensée de ce que je vais leur offrir : un voyage de noces aux Bahamas. Ils ne s'attendent pas à ce cadeau de mariage, car ils refusent cette idée de *trip* après leur union, mais ils n'auront pas le choix.

Une certaine amertume me gagne et je soupire. Ma *moitié* me manque beaucoup. Et depuis, j'ai l'impression qu'un morceau de moi est parti avec elle.

Après avoir acheté deux porte-clés à l'effigie de Paris, je passe le contrôle avec succès et me dirige vers le hall d'embarquement. Un pas plus tard, mon téléphone sonne dans ma poche. Je décroche.

— Salut, Charlie ! Déjà debout ? me moqué-je.

— Il est presque onze heures du matin, on dort plus depuis longtemps ! me répond-elle avec un soupçon d'agacement.

J'adore l'emmerder. Parce qu'elle démarre toujours au quart de tour.

Et que je suis taquin, et, je l'avoue, un brin chiant quand je m'y mets.

Ma façon à moi de décompresser. C'est ma carapace.

— Tu es bien à bord de l'avion, j'espère ? reprend-elle avec le plus grand sérieux.
— Dans quoi ?
Elle soupire.
— Tu déconnes, là, encore !
Je lâche un petit rire.
— Non, sinon je ne te répondrais pas, lui dis-je sans blaguer.
— Ouais, enfin, tu m'as compris. Tu as le billet que je t'ai réservé, hein ?
Elle a tenu à me le payer, je pense pour être certaine que je me rendrais à son mariage. Comme si j'allais rater ça.
— Un billet ? Quel billet ? Merde c'est vrai, je dois en acheter un !
— Tu me fais chier, tu sais ça ?
— Oui, je l'ai ! Et je te le rembourserai dès mon arrivée.
— Tu rigoles, j'espère ?
— Pas cette fois-ci, ris-je.

Je prends place sur un siège de la salle d'embarquement.
Mes pupilles se posent sur une brunette qui me dévisage curieusement. Charlie poursuit.
— Tu es pénible, tu en as conscience ?! Bon... tu restes au moins deux semaines ?
— Comme prévu, le temps de chercher un appart à Montréal. L'agence m'a déjà fait plusieurs propositions.

Mes yeux dévient sur une femme de dos, et sur sa chevelure blonde qui tombe en cascade sur son manteau. Un spasme inopiné contracte mon estomac et au moment où elle pivote sur elle-même, je baisse mon regard sur mes chaussures.
— À Montréal ? Mais pourquoi ? Tu te fous encore de ma gueule ? me demande-t-elle étonnée.
— Je suis très sérieux, Charlie, je quitte Paris pour toujours.

Trop tard pour la nouvelle, je viens de me trahir. Personne ne sait encore que je rentre définitivement chez moi, ni elle, ni mes parents, ni ma famille. J'avais prévu de rester chez Charlie, et ensuite de prendre une location en attendant d'acquérir ma maison. Inutile de le lui demander, elle m'a dit qu'elle m'accueillerait les bras ouverts si un jour je décidais de revenir.

Surprise !

— Parce qu'il est temps pour moi de passer à autre chose, mon nouveau poste m'attend à l'hôpital de Montréal, lui apprends-je.

— Quoi ?

— On dirait que tu n'es pas contente ?

Je lève la tête, mais la fille a disparu de ma vision. Je soupire.

Comme si ça pouvait être elle.

— Si, si, très. Bon, de toute façon, tu repartiras.

Je plisse les yeux vers le sol à la recherche d'un truc que je ne pige pas.

— De toute façon quoi ?

— Bon, *de toute façon…* écoute, ne m'en veux pas, hein, mais ton siège sera à côté de celui d'Elyna.

Je m'étrangle presque avec ma propre salive et mon cœur commence à marteler ma poitrine avec force. Mes prunelles balayent la salle d'une manière folle. Je me redresse sur ma chaise.

— Tu déconnes ?

C'était elle, j'en suis sûr, maintenant.

— Non, pourquoi ? Tu as dit à Julian que sa photo était magnifique, là, je te donne l'occasion de la voir en vrai de près pendant sept heures ! C'est mieux, comme rencontre, tu ne trouves pas ?

Bordel ! Je désirais faire sa connaissance, c'est vrai. Mais pas dans un avion.

À côté d'elle !

— Tu déconnes ! m'agacé-je.

— Trop tard, de toute façon, l'appareil est plein, et puis si tu ne veux pas lui parler, vous vous retrouverez à la maison, poursuit-elle pendant que j'entends l'appel pour embarquer.

Dans sa quoi ? Bordel ! Mais bien sûr, *elle* va résider chez Julian. Pourtant, ce dernier m'avait juré que sa sœur ne viendrait jamais au Canada en hiver même s'il la traînait de force !

Elle a changé d'avis.

En même temps, ce n'est pas difficile à comprendre. D'après ce que me racontent Charlie et son fiancé, ils sont fusionnels. Je suppose que si j'étais à sa place, je ne raterais pas le plus beau jour de la vie de mon frère.

— Tu déconnes, Charlie ! Je quitte Paris, bordel !

Julian m'a prévenu que si un jour je rencontrais sa sœur, il m'empêcherait de l'approcher. En quelque sorte.

Elle est sur la liste « pas touche ».

Quoi qu'il en soit, elle se barrera après le mariage.

Et moi, je resterai.

Rien ne sera possible entre nous.

Mais pourquoi je pense ça ? Je ne la connais pas et s'il n'y avait que ça…

— Et Julian m'a interdit de…

Elle me coupe.

— Laisse Julian, c'est entre nous deux. Top secret jusqu'à ce que tu l'aies pécho. Enfin, je vais le lui dire, bien sûr, c'est mon fiancé ! Mais demain. Ou plus tard.

— Charlie, bordel !

— Je te l'ai dit, tu repartiras !

Elle raccroche pendant que mon cœur devient fou. Elyna, la sœur de Julian, celle qui m'obsède depuis presque six mois. Depuis que j'ai vu sa photo chez Julian et Charlie.

Elle sera là, putain !

Peut-être qu'elle a un caractère incompatible avec le mien, qu'elle a déjà un mec à Paris. Qu'elle n'est pas bandante comme je me l'imagine.

Je l'idéalise dans ma tête, tournant son être parfait et tout ce qu'elle me ferait en rêve. Avouons-le, j'ai construit une version de cette femme dans mon esprit, alors que pour l'instant, elle n'est qu'un vulgaire bout de papier.
Je suis pathétique.

L'appel pour embarquer dans l'avion résonne, les passagers commencent à faire la queue. Je me mets à la file et attends patiemment, mes pensées fusant à tout va.

Tu vas rester tranquille, Noël, rappelle-toi, tu quittes Paris, tu as déjà tout programmé. Contente-toi des rencontres d'un soir et des contacts féminins du téléphone de Julian. C'était un pari, tu t'en souviens ?

Je me remémore les paroles de Julian :

« *Lorsque tu viendras à mon mariage, tu pourras sortir avec mes anciens contacts féminins de mon téléphone. On ne sait jamais ! Mais attention, celui d'Elyna, pas touche !* »

J'acquiesce d'un mouvement de tête : c'est ce que je vais faire. Je vais inviter une fille chaque soir et j'arriverai à la dixième à la fin de mon séjour chez eux. Je gagnerai mon pari. Et qui sait, peut-être trouverai-je ma moitié ?
Ma moitié.
Je soupire lorsque la personne qui a toujours été pour moi *ma moitié*, d'une certaine manière, passe dans mon esprit.

Mes yeux se lèvent d'instinct et soudain, mon souffle se coupe au moment où je remarque Elyna au loin. Mon cœur tape férocement contre ma poitrine.
Putain, pourquoi je réagis comme ça ? Je ne la connais pas !
Du papier, elle était du papier glacé !

Mais son sourire qui ne m'était pas destiné, ses iris verts qui remerciaient l'hôtesse et sa démarche lorsqu'elle s'est éloignée sont si sublimes ! Elle n'était qu'à quelques passagers de moi. J'aurais presque pu la toucher.

Pour quoi faire, Noël ?

Je déglutis et me ressaisis. Dans quelques minutes, je prendrai place dans le siège à côté du sien.

Bordel, comment vais-je l'aborder ?

Je range mon téléphone dans mon sac lorsque le mec devant moi s'écroule, une main sur le cœur.

Putain, il se tape une crise cardiaque maintenant !

— Dégagez ! dis-je à la foule qui s'agglutine au-dessus du type.

Je soupire. Les gens sont vraiment cons, des curieux qui savourent avec délice le malheur des autres au lieu de les aider !

— Je suis médecin, laissez-moi faire.

Mon ton est directif, sans appel, presque violent et méchant à l'égard du public. L'hôtesse affolée se baisse.

— Je m'occupe du massage cardiaque. Apportez-moi le défibrillateur, appelez les secours et putain, que cet avion m'attende, je ne dois pas le rater ! C'est une question de vie ou de mort ! lui dis-je.

Certes, j'y vais un peu fort, mais visiblement, elle me croit.

Elle hoche la tête une infinité de fois, puis je ne l'entends plus, restant concentré sur ma tâche.

J'allonge la victime sur le dos, puis ouvre sa chemise en arrachant ses boutons au passage, avant de commencer mes gestes de réanimation.

Mon cœur bat tous les records de vitesse.

Si j'ai la chance de grimper dans cet avion, je jure que je l'aborderai.

La vie est trop courte et moi, je ne veux pas la laisser filer.

Comment je ferai ?
Comme d'habitude quand je ne sais pas comment réagir.
Avec insolence.

Chapitre 2
L'avion

Lorsque les secours s'en vont avec la victime que j'ai réussi à réanimer, une hôtesse accourt vers moi. À son coup d'œil, je devine que l'avion n'est pas parti et un sourire effleure mes lèvres, tandis qu'une chaleur grimpe jusque dans ma gorge.

Aucun mot supplémentaire n'est nécessaire, je fonce sur la passerelle. Au moment où je franchis la barrière de la porte de l'engin, mon cœur se met à cogner frénétiquement. L'hôtesse et le steward m'accueillent à bras ouverts. Mon palpitant bat sur mes tempes. Partout, en fait.

— Bonjour, monsieur Leclerc, heureux de vous avoir à bord. Vous êtes un héros.

Non, juste médecin.

— Merci, dis-je seulement, mes yeux déjà rivés sur les rangées des passagers qui me fixent, tantôt mauvais, tantôt indifférents.

Je les ai fait attendre, je les comprends.

D'un pas assuré, je franchis les dernières rangées avant de trouver la mienne. Mon cœur cogne contre ma cage thoracique, le sang percute tous les coins de mes veines, à la recherche du bon chemin.

Bordel, elle est là, juste là !

En vrai.

Elle fixe le hublot tandis que je prends place à ses côtés d'une manière rapide et brusque, afin qu'elle acte qu'elle n'est plus seule.

J'ai l'impression que sa tête se tourne vers moi au ralenti. Ses yeux magnétiques s'enfoncent sur les miens sans les lâcher d'une semelle. Comme s'ils creusaient un sillon. Sur le cliché, elle était magnifique, mais ses iris vert émeraude sont encore plus sublimes de près.

Notre contact visuel paraît durer une éternité, mais je ne compte pas être celui qui va le rompre en premier. Je me sens fébrile, impuissant, sans forces.

Putain !

Au moment où le pilote annonce le décollage, une phrase me vient en mémoire. Celle de Julian lâchée au cours d'une discussion alors qu'il me montrait la photo d'Elyna.

« Ma sœur a été maquée avec un connard, depuis, elle met tous les types dans le même panier. Pour lui plaire, le mec doit se faire remarquer, avec une originalité hors norme. Et encore, ce n'est pas gagné. Elle est constamment sur ses gardes ! »

Je prends une forte inspiration et me lance en usant d'une arrogance bien pimentée. Plus grande que d'habitude.

Elle va me remarquer, ça, c'est une certitude.

— Pourquoi me fixez-vous de cette façon ? lui demandé-je.

La peau de ses joues rosit et j'en profite pour pénétrer davantage son regard. Ses prunelles vertes sont déstabilisantes. Son doigt place une mèche blonde derrière son oreille et elle s'éclaircit la voix.

— Bonjour, je m'appelle Elyna, me répond-elle avec politesse.

Mon souffle se coupe et j'incline un peu ma tête vers elle pour la détailler. Cette femme est belle, et ce mot est faible. Elle possède des yeux en amande, des sourcils bien dessinés. Sa chevelure couleur soleil encadre son visage. Si longue qu'elle lui arrive en dessous de sa poitrine mise en valeur par son chemisier blanc moulant. Sa bouche pulpeuse m'appelle, sa langue qui passe dessus me donne envie de la happer.

Ses pupilles, bordel, elles illuminent cet avion ! Et sa voix me fait craquer. Ni aiguë ni grave. Juste sensuelle à souhait.

— Je trouve que vous n'êtes pas très poli, monsieur, me tacle-t-elle en fronçant les sourcils.

Je lève les yeux au ciel, puis souffle sans lui répondre, comme si elle m'emmerdait.

Je suis assez original, là ?

Ouais.

Sans attendre, elle hèle l'hôtesse qui traverse notre couloir.

Elle ne se laisse pas faire. J'adore.

La grande blonde avec un chignon strict et l'uniforme bleu s'arrime à nous. Son sourire professionnel me paraît surjoué.

— S'il vous plaît ! Puis-je permuter ma place avec celle d'un passager qui l'acceptera ? Un homme, de préférence. Je dis ça par rapport à mon voisin, qui ne me paraît pas très affable avec la gent féminine, demande ma voisine.

Je déteste les meufs soumises et elle, je crois qu'elle est tout sauf ça.

Elle me désigne d'un doigt. Celui que j'ai envie de mordre.

Son annulaire gauche est libre de tout engagement.

L'employée s'apprête à lui répondre, mais je la coupe avec nonchalance.

— C'est impossible, car en cas de crash, il faudra que la compagnie aérienne puisse vous identifier pour annoncer votre décès à vos proches.

Pourquoi j'ai sorti ça, moi ? Je n'en sais rien, c'est venu comme ça. Je suis crevé entre mes gardes, l'intervention de ce matin, le type qui s'est tapé une crise cardiaque tout à l'heure et Elyna qui se trouve à mes côtés. Qui ne me connaît pas. Et avec qui je joue allégrement.

L'hôtesse lui lance un regard horrifié et réconfortant à la fois avant de plisser le front en ma direction.

— C'est interdit dans les règles de notre compagnie, mademoiselle. Vous devez rester à votre place, lui répond-elle.

Chaleureuse avec Elyna, assassine avec moi.

Elle doit me prendre pour un malpropre culotté.

Et en cet instant, elle a raison.

— Et il n'y aura pas de crash, monsieur. Inutile de faire peur à tout le monde.

Sans aucun autre mot, elle poursuit son chemin en me fusillant du regard une nouvelle fois, pendant que ma voisine lâche un long et profond soupir désespéré, trahissant sa déception.

Je me laisse aller contre le dossier de mon siège et ferme les paupières. J'étire mes pieds devant moi. J'ai l'impression que tous mes muscles me font mal. Trois jours presque sans dormir et une nuit à opérer, ça use.

— Elle est dingue de moi, marmonné-je entre mes dents.

Je ne sais pas ce qu'elle fait, mais à la chaleur qu'elle dégage et à la manière dont elle se secoue sur son assise, je sens qu'elle est agacée. Je ris intérieurement.

Alors, quelle est ta réplique, maintenant ?

— Je doute qu'un homme de votre espèce, aussi mal élevé et arrogant, intéresse une seule femme ici !

Bien joué. Je n'aurais pas trouvé mieux !

Je roule la tête sur mon dossier vers elle et ouvre les yeux d'un coup, puis je les rive aux siens. Son visage se colore comme une tomate. Je lui fais de l'effet. Je décide de la pousser encore un peu plus loin.

Julian va me tuer lorsqu'il apprendra mon comportement avec sa sœur. Surtout avec ce qui va suivre…

Mais il ne le saura pas, cette fille n'est pas du genre à lui raconter sa vie, d'après ce qu'il m'a confié et ce que j'observe déjà d'elle.

— Vous ne le savez pas encore, mais vous coucherez avec moi, lui dis-je avec un sourire en coin.

Elle tique – et il y a de quoi –, puis me lance un regard meurtrier.

— M'envoyer en l'air dans les toilettes d'un avion m'a toujours fait fantasmer, ajouté-je.

Putain, si j'écoutais ce type de phrase chez un mec maintenant, je lui foutrais mon poing sur la gueule ! Heureusement pour moi, personne ne semble bouger ni prendre sa défense.

Elle n'en a pas besoin.

— Eh bien, pas moi !
— Vous n'en êtes pas certaine. Alors, ça vous dit ? poursuis-je, les paupières fermées.

Elle laisse passer cinq secondes.

Le temps de la réflexion ?

— C'est non, sans façon !

Je continue, je ne continue pas ?

Je continue.

— Vous ne le regretteriez pas... ajouté-je en rouvrant les yeux.

Lorsqu'elle jette un œil discret à mon entrejambe, mon hémoglobine glisse droit vers la partie sud de mon corps. Je chauffe de plus belle. Mon sang n'a jamais circulé aussi vite dans mes veines. Si je me blesse maintenant, je suis certain que je me viderai de tous mes globules en une seule seconde.

Bordel, elle ne sait pas l'ouverture qu'elle me donne !

— J'ai un petit ami !

C'est vrai, ce mensonge ? On s'invente un mec ?

C'est une tactique comme une autre.

— Ça ne me gêne pas, lui réponds-je, insolent jusqu'au bout.

— Moi, si.

Bon, là, je crois que j'ai été assez original... peut-être un peu trop.

Je prends une forte inspiration avant de conclure.

— OK, comme vous voulez. Ma proposition est valable pendant le vol.

Je l'entends marmonner dans sa barbe. Conscient que j'ai été trop loin dans le toupet (voire plus), je m'attends à tout.

Un dépôt de plainte ? Une supplication pour changer de place ? Trop tard, de toute façon.

Elle ouvre la bouche.

Elle va encore m'adresser la parole après mes provocations ?

Tenace, bandante et à fort caractère. Tout ce que j'aime chez une femme.

— Non, mais à quel moment vous ai-je dit que vous m'intéressiez ?

Elle gueule en silence, c'est sensuel, j'adore. Je lui fais un clin d'œil appuyé.

— Lorsque vous avez maté mes yeux et mes mains.

— Non, mais à quel moment vous ai-je laissé croire que vous pouviez me faire une telle proposition ?

— Lorsque vous avez jeté un œil à mon entrejambe tout à l'heure, lui réponds-je en désignant cette partie de mon anatomie avec mon index droit.

Son visage s'empourpre pour de bon et je la vois déglutir.

— Quoi ? Non, mais je rêve ! Je ne vous ai pas… je regardais le… bref, à quel moment vous ai-je autorisé à me parler ?

Elle est perturbée, je l'entends lorsqu'elle bégaye pour trouver ses mots.

« *Je me demande si ma sœur s'intéresserait à un mec qui la provoquerait et jouerait ensuite l'indifférence. T'en penses quoi, Noël ? Je ne désire pas qu'elle finisse sa vie seule et j'ai envie de lui présenter quelqu'un, mais elle paraît indomptable.* »

Je prends une forte inspiration.

Tu ne le sais pas encore, Julian, mais ce quelqu'un, ce sera moi.

Je détourne mon regard du sien et adopte un ton moqueur. Du genre qui la fera bondir et réagir.

— Je n'ai pas besoin d'une autorisation, je fais ce que je veux et là, je n'ai plus envie de vous parler. J'ai eu un dur moment tout à l'heure et une journée de merde.

Je la détaille une dernière fois, dans un visage sans sourire. Si le sien avait été une arme, je serais déjà mort.

— Ça tombe bien, moi, je n'ai jamais eu envie de vous parler, conclut-elle.

Elle croise ses bras autour de sa poitrine et détourne son attention en direction du hublot.

— Cool ! lui rétorqué-je comme si je n'en avais rien à foutre.

— Fermez-la !

Je change de registre avant d'arriver au point de non-retour.

— Et sinon, vous vous rendez à Montréal pour affaires ?

— Ça ne vous regarde pas ! me réplique-t-elle d'un ton non avenant.

L'hôtesse refait une apparition, car disons-le, Elyna a vraiment élevé sa voix.

— Vous allez bien, mademoiselle ? s'inquiète-t-elle.

— Je ne vous ai pas appelée, que je sache ! Je vais très bien, merci !

Bordel, elle m'excite rien qu'avec sa répartie !

— Très bien, lui répond la charmante hôtesse sur le même ton.

— En colère, vous êtes bandante, ajouté-je. Jetez un œil à mon entrejambe, il durcit…

Ses yeux s'écarquillent si fort qu'ils semblent coller à ses sourcils. Son buste se redresse, sa main se lève et elle me gifle.

Pas très puissante, la baffe…

Plus rapide que l'éclair, j'attrape son poignet au vol et j'affiche un rictus amusé.

Putain, elle vient de m'électrocuter en live ! Je sens encore les stigmates dans mon bras.

— OK, j'imagine que je l'ai méritée. En fait, je voulais juste vous tester. Vous ne seriez pas sur la liste des femmes avec qui je pourrais coucher, de toute manière. Quoique…

Je fixe ses iris, elle ne cille pas, la bouche ouverte, sans réaction.

Surprise de mon revirement ?

— Non, désolé, vraiment, vous n'êtes pas mon genre, conclus-je.

Ma dernière carte : l'indifférence.

— Vous non plus, vous n'êtes pas mon type. De toute façon, je n'aime pas les retardataires comme vous qui font attendre un avion entier en se prenant pour le nombril du monde.

Je ne sais pas pourquoi, mais là, elle m'emmerde. Je n'ai pas demandé à ce qu'un mec fasse une crise cardiaque à l'aéroport.

Je déglutis lorsque j'entends sa respiration saccadée et son souffle vanillé percuter le mien. J'ai l'impression que je suis frappé par un genre d'ivresse sans alcool.

J'en oublie mon agacement.

— J'ai perdu un pari avec mon meilleur ami et je me suis engagé à coucher avec tous les contacts féminins qu'il a enregistrés dans son téléphone, donc j'aurai bientôt ce qu'il me faut, lui avoué-je.

Mais pas mon culot.

Je lâche sa main et elle la pose sur sa cuisse, enfin, son jeans. Je la suis des yeux et humidifie mes lèvres. Lorsque mes pupilles captent une nouvelle fois les siennes, je remarque que son visage est crispé.

En colère ? Surpris ? Autre chose ?

Quoi ? Autre chose ? Elle ne te connaît pas ! Pour elle, tu es un goujat qui la drague dans un avion d'une manière spectaculaire !

Je boucle ma ceinture de sécurité, pendant qu'elle saisit et ouvre sa bouteille d'eau. Sa façon de boire est diablement érotique, ses lèvres pulpeuses autour de l'embout… me donnent le tournis. Car je les imagine sur ma queue, depuis trop longtemps au régime.

— Quoique, si vous voulez vous envoyer en l'air dans les toilettes de cet avion… bon, OK, j'arrête… Au fait, mon engin est de taille XXL…

J'éclate de rire à ma presque connerie, au moment où elle s'étrangle en avalant de travers. Lorsqu'elle se reprend, je lui fais un clin d'œil.

— Je fais toujours ça la première fois que je parle aux femmes.

— Vous n'êtes pas mon type d'hommes, je déteste les barbus !

— Ça, ça peut s'arranger… en fait, je n'aime pas les blondes non plus.

J'entends ses ongles taper nerveusement sur la tablette devant elle. Elle ne va pas se contenter de ça.

Sacré caractère. J'adore.

— Vous… vous êtes exaspérant !

Elle souffle, marmonne dans sa barbe et je crois même qu'elle jure à voix basse. Je la regarde dans les yeux et mon cœur saute un battement.

Cette meuf, je l'aurai un jour.
Ce Noël, plus exactement.

Je décide d'arrêter mon petit jeu, je l'ai assez malmenée. Elle ne ressemble en rien aux autres femmes qui jettent leur dévolu sur moi d'habitude. Ça me plaît.

J'ai été assez percutant pour qu'elle ne m'oublie pas ?
Quelle question…

— Finalement, je me suis trompé. Avec votre allure de Parisienne guindée, je pensais que vous étiez superficielle… que vous n'aviez rien dans le ventre et je ne sais pas pourquoi, j'ai eu envie de vous pousser à bout, pour voir jusqu'où vous me laisseriez aller.

J'ose me pencher vers elle et elle ne s'écarte pas. Son souffle se mêle au mien et son odeur vanille m'achève.

— Je suis ravi de constater que vous ne vous laissez pas faire. N'y voyez rien d'autre.

Je lui fais un clin d'œil, puis me laisse aller sur mon siège.

Je vais me faire pardonner. Insolent oui, original oui, mais pas con non plus. Je veux qu'elle me remarque et je crois que je vais rester dans ses annales.

— C'est certain, je ne suis pas du style à me laisser faire, mais en quoi cela vous importe-t-il ? me dit-elle d'une voix plus modérée.

Je prends une forte inspiration et mes yeux s'aimantent aux siens d'une manière plus puissante.

— Parce que j'aime bien que les femmes qui me plaisent me résistent d'abord.

Elle, me brancher ? Je suis loin du compte. Je ne connaissais que son visage sur papier glacé et la voir en vrai me fait l'effet d'une bombe. Un machin du destin, un truc bizarre.

Comme si quelqu'un m'avait mis sur son chemin.

Quelqu'un qui n'est plus là, mais qui veut que je sois heureux.

Je secoue la tête mentalement pour zapper mes pensées et éviter de songer à cette personne qui me manque toujours autant.

Sa bouche s'entrouvre, son souffle devient court. Ses yeux s'enflamment et ses joues rougissent de plus belle.

Je lui fais de l'effet, c'est sûr.

— Je suis désolé. Aujourd'hui, j'ai vraiment eu une dure journée, je voulais juste plaisanter un peu, m'excusé-je à ma manière.

Et c'est loin d'être faux. Un coup de fatigue me prend par surprise.

Trop crevé pour continuer dans ce registre.

Ma bouche s'étire, avant de couper définitivement le contact avec elle. Mes yeux se ferment d'eux-mêmes après avoir contemplé un maigre sourire sur ses lèvres. Morphée m'emporte enfin, pile après l'annonce du départ de notre avion.

« Mesdames, messieurs, bienvenue à bord de ce Boeing 777 à destination de Montréal. La durée du vol sera de sept heures et trente-cinq minutes. Nous atterrirons à l'aéroport international Pierre-Elliott-Trudeau à dix-sept heures trente-sept heure locale. Aucune perturbation n'est prévue pendant toute la durée du vol. Nous vous souhaitons un agréable vol en notre compagnie et vous remercions d'avoir choisi Air France ».

Soudain, mon cœur se met à battre rapidement, et mes paupières se serrent très fort pour éviter de rouvrir les yeux.

Bordel, j'emménage à Montréal définitivement, pourquoi je veux à tout prix avoir une touche avec Elyna, moi ?

Chapitre 3
Montréal

Je n'émerge de mon sommeil que lorsque l'avion se pose sur le sol canadien. C'est étrange, j'ai l'impression de n'avoir dormi que quelques minutes et nous sommes déjà à bon port. Je prends une forte inspiration, me redresse sur mon siège et défais ma ceinture de sécurité. Une main passe sur mon visage fatigué. Je saisis mon téléphone dans la poche arrière de mon jeans en soulevant légèrement mon postérieur. Je le déverrouille et m'apprête à consulter mes messages lorsque mon esprit prend conscience de la présence féminine à mes côtés. Ma tête pivote vers Elyna et l'observe, le nez plongé sur son écran, un doigt tapotant rapidement un SMS.

Sûrement destiné à son frère.

Mes pupilles bloquent sur son chemisier déboutonné au niveau du col, qui laisse entrevoir la naissance de ses seins.

Il était entièrement fermé au décollage, non ?

Je déglutis difficilement et ma queue se réveille.

Putain…

Dire que je vais dormir dans la chambre à côté de la sienne pendant dix jours !

Que je vais l'imaginer à poil dans la salle de bain que nous allons partager.

Son frère sera là, dans la même maison !

Julian m'aime bien, mais il a peur que sa sœur souffre de nouveau. Parce que justement, je rentre chez moi et qu'Elyna ne quittera jamais Paris.

Soudain, une tristesse inopinée s'empare de moi et je soupire. *Nos yeux se rencontrent enfin et dans les siens, je vois un agacement que je ne comprends pas.* J'engage la conversation avec la première phrase qui jaillit de mon cerveau.

— Quelqu'un vous attend ?

Surprise, elle bat des cils une fois. Son doigt reste suspendu au-dessus de son écran.

— Mon petit ami.

Je devine qu'elle me ment pour se débarrasser *du mec lourd* qui l'a emmerdée au début du vol, en l'occurrence, moi. Mais sa réplique ne me fait pas plaisir.

Comment t'aurais réagi, toi, à sa place ? Tu lui aurais dit merci, peut-être ?

— Moi, mon amie « femme » m'attend chez elle, je préfère prendre une voiture de location pour avoir plus de liberté, surtout lorsque j'aurai pécho, pour vous savez quoi.

Connard jusqu'au bout.

Elle lève les yeux au ciel avant de me répondre d'un air indifférent.

— Ce que vous faites ne m'intéresse pas.

Ah oui ? Ce n'est pas ce que ta respiration saccadée et ton agacement me disent, ma belle.

— Vous ne le savez pas encore, mais un jour, cela vous intéressera.

Elle monte les épaules, les redescend aussi vite en levant les yeux au ciel une nouvelle fois. Je déborde, j'en suis parfaitement conscient, mais il faut ce qu'il faut pour la bousculer, hein ?

Je ne peux pas m'empêcher d'afficher un rictus canaille et hausse mes sourcils plusieurs fois de suite. D'un geste rapide, je saisis mon portefeuille et en sors un bout de papier sur lequel je note mon zéro six.

Elle prend une forte inspiration pour – je suppose – éviter de me foutre une autre gifle.

— Tenez ma carte, si jamais, lui proposé-je.

Ses yeux s'écarquillent et sa bouche s'ouvre d'étonnement.

— Vous ne le savez pas encore, mais vous n'arriverez peut-être pas à coucher avec tous les contacts téléphoniques féminins de votre meilleur ami ! me rétorque-t-elle.

Oh bordel, je l'intéresse ! Sinon pourquoi me répondrait-elle un truc pareil si ça ne la touchait pas ?

Peut-être que tu as foiré ton coup, connard, et qu'elle ne veut plus rien savoir de toi ! Quelle fille sensée te dirait oui ?

Une femme qui ne voit que mon physique d'apollon ?

Ou alors une qui connaît ton statut de médecin et qui pense pouvoir avoir la belle vie auprès de toi.

J'inspire d'un coup sec.

— Peut-être, mais il y a d'autres femmes à Montréal ! Personne ne me résiste bien longtemps !

Perdu pour perdu, autant terminer en beauté.

Bordel, qu'est-ce que je fiche ? Je vais la revoir dans moins d'une heure chez Charlie et Julian !

À ma grande surprise, elle accepte la carte que je lui propose.

Un truc puissant me transporte et une chaleur monte jusqu'à ma gorge et m'inonde. Ma bouche dessine un sourire satisfait. La sienne s'élargit elle aussi, pile avant de me planter mon bout de papier devant mes yeux et de me montrer comment elle en fait des confettis.

Je me tends d'instinct et mon visage devient grave.

C'est foutu.

Bordel, putain, de merde ! Comment va-t-elle réagir lorsqu'elle apprendra qui je suis ?

Sans demander mon reste, je me lève, et sans la regarder, j'emprunte le couloir de l'avion pour regagner la sortie. Je récupère ma valise. Je ne sais pas où elle est ni ce qu'elle fait. Et à vrai dire, ça m'emmerde.

Quoi ? Tu pensais que tu allais arriver avec elle dans les bras et dire à Charlie et surtout à Julian : voilà, Elyna est en couple avec moi ?!

Je secoue la tête.

Ouais, ça va être ma fête quand Elyna apprendra mon comportement à son frère.

Avant de prendre ma voiture de location, je m'arrête à une boutique *duty free*, pour y acheter un bonhomme de Noël. Un sourire effleure mes lèvres au moment où la vendeuse l'encaisse.

Je l'offrirai à Elyna pour me faire pardonner.

Je range mon bagage dans le coffre puis je remonte le col de ma veste. J'avais presque zappé à quel point il faisait froid ici. Je clos les paupières et prends une bouffée d'oxygène.

Et j'avais oublié à quel point ça me fait du bien de respirer mon air. À quel point j'avais le mal du pays.

Je prends place derrière le volant au moment où le téléphone sonne dans ma poche. Je réponds et mets la fonction mains libres avant de poser l'appareil sur le siège passager et de démarrer le moteur.

— Raconte !
— Je ne l'ai pas vue, Charlie, lui mens-je, un sourire en coin.

Elle soupire et je jette un œil au paysage qui défile sous mes prunelles émerveillées. J'adore le froid, la neige, cette ville.

Mais je déteste Noël. Enfin, le jour de fête.

— Tu te fous de ma gueule, Noël ?
— Tu crois ?
— Tu as fait connaissance avec elle, oui ou non ?
— Avec qui ? lui demandé-je en étirant mes lèvres.
— On t'a déjà dit que tu étais pénible quand tu t'y mettais ?

Oui. Et tout à l'heure, on me l'a bien fait comprendre.

— Je lui ai fait du charme, enfin, *pire que ça*.

Bordel, je pourrais me baffer lorsque je me remémore mes paroles insolentes.

J'étais borderline.

— Noël, t'es insupportable quand tu fais ça, tu le sais, au moins ?
— Quand je fais quoi ?
— Oh, je te connais, *ta moitié* me disait souvent comment tu t'y étais pris la première fois que tu as dragué en sa présence.

Je déglutis et mon visage devient grave. Un nœud se forme dans ma gorge lorsque mes souvenirs lointains rappliquent. Tout ce que je ne veux pas.

Un long silence s'étire, comme si elle et moi étions gênés de nous remémorer cette personne qui n'est plus.

— Je… je suis désolée, Noël. C'est sorti tout seul, lâche-t-elle dans un sanglot.

Je dois boucler ce chapitre définitivement.

Il faut que je respire.

Elle doit passer à autre chose.

Parler de ce qui est perdu ne sert à rien. Juste à nous apporter de la souffrance.

— Ce n'est pas un crime d'évoquer le souvenir d'un être aimé. Parce qu'il vit toujours au fond de nous, lui dis-je pour la réconforter.

— Tu as raison, mais putain, ça me fait mal et ça ne devrait pas… pas comme ça.

Sa voix est faite de trémolos, comme si elle allait pleurer pour de bon. Elle pense à mon frère. Une profonde inspiration plus tard, je décide d'enchaîner sur le sujet *Elyna*. Je frotte mon nez machinalement en regardant la rue qui déborde de neige et les passants bien emmitouflés dans leurs manteaux.

— J'ai été un gros connard, je lui ai proposé qu'on s'envoie en l'air dans l'avion, me marré-je, le cœur serré au souvenir qu'elle vient d'évoquer à l'instant.

— En définitive, c'est plutôt une bonne suggestion, lâche-t-elle d'un ton atone.

Deux secondes s'écoulent. Elle éclate dans un fou rire inattendu. Je la suis.

— Julian va me tuer, lorsqu'il le saura !

— On ne lui dira rien. Et Elyna non plus, crois-moi ! Elle ne raconte rien à son frère *sur le sujet qui fâche*, depuis que mon futur époux s'est mis en tête de lui dénicher un Parisien lors de notre déplacement en France !

J'étrécis les yeux.

— Il va lui proposer de tester tous ses contacts masculins français de son téléphone ? lui demandé-je avec un soupçon d'agacement dans la voix.

— Peut-être, me taquine-t-elle.

— N'importe quoi ! D'ailleurs, son *deal*, c'est n'importe quoi ! Sortir avec tous ses contacts féminins !

— Il veut juste bien faire et te caser aussi. Mais il ne le sait pas encore, c'est moi qui vais remporter le pari !

Je grimace et plisse les yeux.

— Vous avez parié sur moi ?!

Charlie se racle la gorge, mal à l'aise. Je rêve ?!

— Peut-être.

— Vous gagnez quoi, dans l'histoire ?

— Moi ? Un voyage de noces dans une île paradisiaque ! Lui désire s'exiler en Alaska en plein hiver ! Il hait le soleil ! À croire que c'est lui qui est Canadien, s'énerve-t-elle.

Je secoue la tête, c'est vrai que son chéri déteste les climats trop chauds.

De toute façon, elle l'aura, son voyage de noces dans les îles.

Je le lui dis ? Je ne le lui dis pas ?

Non, un cadeau, c'est un cadeau et je ne louperais pour rien au monde la réaction de Julian lorsqu'il le verra.

— On va gagner ! Tu seras avec Elyna avant mon mariage, m'assure-t-elle.

— Quel est le *deal* exact ? Qu'Elyna et moi ayons une aventure sans lendemain ? Parce que tu sais bien sûr que je reste au Canada et que…

— Et que contrairement à son frère, elle hait notre climat ? Affirmatif.

— Elyna ne mérite pas un plan cul, je refuse d'être un second connard pour elle.

— Son ex l'a trompée. Toi, non seulement tu coucheras avec elle et personne d'autre, mais tu retourneras à Paris avec elle et vous vous marierez !

Je soupire. Inutile de la contredire.

— Je ne crois pas aux prédictions, Charlie.

— *Noa* y croyait, pourtant.

Je tressaille lorsqu'elle prononce *son* prénom avec une tranquillité déconcertante.

— Elle te branche, oui ou non ? me relance-t-elle après trois secondes interminables de silence.

— Elyna me plaît, mais je ne partirai plus jamais du Québec, j'ai besoin d'être près de Noa, tu comprends ?

Près du cimetière où son corps est enterré. D'ailleurs, je vais aller me recueillir sur sa tombe.

Au moment où j'entends ses sanglots à l'autre bout du téléphone, mon cœur se déchire. Bordel, elle l'aimait, elle aussi, et moi, qu'est-ce que je fais ? Je parle du souvenir d'un être qui nous a quittés alors qu'elle doit se marier dans quelques jours, et qu'elle devrait seulement penser à son bonheur.

— Je suis désolé Charlie, je ne suis qu'un enfoiré qui te rappelle quelqu'un qui fait partie de passé.

Elle renifle, puis reprend contenance rapidement.

— Tu ne m'apprends rien, rit-elle.

J'admire la ville décorée de guirlandes de Noël, de lutins, de boules multicolores. À l'approche de la place d'Armes, je repère la brasserie où nous venions tous les deux, pour commander notre assiette œufs, bacon, saucisses, creton et fèves au lard. Je souris à ce souvenir qui me réchauffe le cœur contre toute attente. Elle se mouche, puis poursuit.

— Bon, on va dire qu'on va laisser faire le temps et l'avenir nous apprendra si vous êtes faits l'un pour l'autre ! Au fait, tu es bientôt chez nous ?

— Je passe le Vieux-Port.

— Je t'ai mené en bateau : je n'ai pas fait de *deal* avec Julian, il ne sait pas ce que je trame. Si ça peut te rassurer, il se méfie de tous les hommes qui s'approchent d'Elyna. Alors, motus et bouche cousue. Jusqu'à ce que moi, je décide de le lui dire.

Le reste du trajet, elle préfère discuter du mariage. Je l'écoute d'une oreille distraite en regardant le paysage défiler devant moi.

Depuis que ma moitié a disparu, seule ma carapace borderline me permet de tenir. Depuis que sa moitié est partie, Charlie a enfilé celle d'une fille sans gêne sur les plaisirs de la vie.
Une façon pour nous deux de continuer à vivre sans douleur.

Chapitre 4
Deuxième fois

— Je suis tellement pressée de te voir, Noël ! Alors, tu es où ? me relance Charlie.

J'arrête le véhicule rue de la Commune Ouest – leur adresse – et je me gare le long du trottoir.

— Devant ta porte, lui dis-je en raccrochant.

J'ai à peine eu le loisir de fermer la portière, de récupérer ma valise qu'un boulet de canon sort de la maison dans un gros pull en laine blanc et rouge. Elle me tombe dans les bras sans délai et je l'étreins très fort contre moi. Des larmes coulent sur ses joues et même si je ne le lui avouerai jamais, mes yeux s'embuent.

— Je suis si contente de te voir en vrai après tout ce temps ! me dit-elle dans un sanglot.

J'inspire profondément son parfum floral et j'expire en trois temps.

— Moi aussi, lui réponds-je d'une voix étranglée.

Je m'écarte d'elle et nous nous sourions.

— Eh, c'est ma fiancée, mon pote !

Julian apparaît dans notre champ de vision et fait mine de nous séparer. Je retrouve ma niaque habituelle.

— Elle ne t'a pas encore dit oui, mon gars !

— Enfoiré ! s'esclaffe-t-il.

— Tu m'as copié parce qu'elle préfère les barbus, hein ? poursuis-je sur le même ton.

Il touche sa barbe et la frotte, puis passe une main dans ses cheveux bruns.

— La mienne est mieux taillée et pique moins, me rétorque-t-il avant de me serrer dans ses bras à son tour.

Je tapote son dos deux fois et nous nous dégageons.

— Tu vas bien ? me demande-t-il, plus sérieux, en plongeant son regard dans le mien.

— Et toi ? Tu es sûr que tu veux toujours te marier avec cette peste ? ironisé-je.

Ses yeux bleus pétillent, son sourire s'illumine.

En réponse, Charlie me donne un coup de poing sur l'épaule. Je grimace pour la forme et la traite de folle en la désignant d'un doigt. Julian la serre contre lui et je remarque qu'ils sont vêtus du même pull en laine et d'un jean identique.

Fusionnels jusqu'au bout.

Le bonheur sur leurs visages me rend heureux.

— Tu as fait bon voyage ? me demande-t-il.

Après un hochement de tête, je m'empare de ma valise et les suis en direction de leur maison.

— Finalement, vous avez acheté cette maison avec vue sur le port ! leur dis-je alors que nous marchons pour entrer.

Ils la louaient jusqu'à présent, mais depuis ma dernière visite, ils ont réalisé quelques travaux, je suppose, et l'ont remplie de meubles supplémentaires. Il y a un an, lorsque je suis venu, ils commençaient seulement à aménager.

Moi aussi, j'aimerais trouver un petit coin à moi dans le Vieux-Montréal, près des boutiques, des restaurants, des lieux historiques, de la plage, du métro et de l'endroit où je vais exercer. D'ailleurs, je vais m'atteler à éplucher les petites annonces de l'agence rapidement, je ne vais pas rester définitivement *chez eux*. Quant à faire la route entre la maison de mes parents à Québec et Montréal, c'est de la folie. Même si ces derniers me l'ont proposé en attendant. Le temps de trajet est trop long : un médecin se doit de vivre à proximité de son lieu de travail.

Nous entrons dans le hall décoré avec soin pour les fêtes. La chaleur de leur foyer me frappe, par l'énergie positive et l'amour qu'elle dégage.

— Nous avons trois salles de bains dont une en travaux, trois chambres, salon et salle à manger, jardin privé et terrasse sur le toit avec vue panoramique. Depuis ta dernière visite, nous avons acheté l'étage supérieur pour avoir de plus grands espaces. Tu remarqueras que j'ai suivi ton conseil et l'emplacement est génial, tu as raison. J'ai de la place pour nous, nos invités, nos futurs bambins ! m'explique Julian. Elle peut encore s'agrandir en empiétant sur la cour que nous avons derrière.

C'est vrai que je lui avais donné mon avis sur ce quartier et sur l'étage supérieur.

Charlie se racle la gorge, puis ses yeux papillonnent vers l'escalier. Je devine ses pensées. Son ex-fiancé et elle avaient prévu d'avoir des enfants aussi. Je comprends sa douleur. Oublier n'est pas si facile que ça.

Même si on trouve le bonheur avec quelqu'un d'autre.

— Je suis très heureux pour vous, vraiment, leur dis-je, sincère.

— Il faudra que je m'occupe de ton cas, me dit-il.

Son doigt pointe vers moi.

— Quoi ? demandé-je alors que je saisis très bien sa pensée.

— Tu vas te dénicher une belle Canadienne qui saura supporter ton humour à la con et ton boulot !

Sans sommation, il s'empare de son téléphone et déverrouille l'écran. Je secoue la tête. Je viens à peine d'arriver et il m'emmerde déjà avec ce stupide *deal*.

D'un, je ne cherche personne.

De deux, je dois me concentrer sur mon métier et n'aurai pas de temps à consacrer à une femme.

De trois, j'ai…

Non, je ne vise personne.

— Celle que je te réserve en premier s'appelle Aloise, je t'envoie son numéro de tél, poursuit-il avec enthousiasme.

— Il a rencontré ta sœur dans l'avion ! Et il était assis à ses côtés ! lance Charlie comme un cheveu sur la soupe.

Julian m'adresse un regard assassin, tandis que je déglutis. Une sueur froide coule sur le sillon de mon dos. Pourtant, à l'intérieur, il fait si chaud que ma veste est de trop. Je la retire et la donne à Charlie.

Merde, c'est pire que ce que je croyais.

— Et alors, j'espère que tu ne l'as pas chambrée ? me demande-t-il.

— Un peu, j'avoue. Mais j'ai suivi tes conseils.

Il plisse les yeux comme s'il ne saisissait pas.

— Mes conseils ?

Je lui raconte ou pas ?

Ou pas.

— Rien, je ne lui ai pas parlé, je déconne.

Il affiche un sourire satisfait.

Il n'a pas compris que je blaguais encore ?

— De toute façon, elle n'apprécie pas les barbus, se moque-t-il.

— Et moi, tu crois qu'elle m'aimerait ? lui demandé-je.

Je me tourne vers Charlie, qui expose un rictus malicieux.

Julian fronce les sourcils.

Là, il a capté ?

— Souviens-toi, *elle*, c'est pas touche, me prévient-il.

Je dresse le pouce en sa direction avec un clin d'œil.

— Compris.

D'accord.

Il va falloir la jouer stratège…

Il hoche la tête.

— D'ailleurs, je vais l'appeler, c'est bizarre qu'elle ne soit pas encore là.

Sans un mot de plus, il quitte la pièce pour l'attendre à l'extérieur. Enfin, je suppose.

Mon amie balaye l'air de sa main.

Je me demande pourquoi il ne pourrait pas envisager que sa sœur s'intéresse à moi. Je suis un si mauvais parti que ça ? J'ai un métier, du fric, bientôt une maison et je suis plutôt beau gosse.

— Défronce tes sourcils, Noël, il est juste un poil protecteur. L'ex d'Ely était médecin et il se tapait les infirmières.

— Je ne suis pas ce genre de toubib qui saute tout ce qui bouge, m'offusqué-je.

Je ne sais pas que penser de sa remarque. Pourtant, Julian et moi nous entendons bien. Entrevoir un rapprochement entre sa sœur et moi, qu'est-ce que ça ferait ?

Et non, je ne me fais pas toutes les demoiselles en blouse blanche.

D'un, je n'en ai baisé qu'une, et une seule fois. Une fois c'est une erreur, plus c'est un choix. Première option pour moi. Elle bossait dans mon service et je ne recommencerai plus jamais avec une collègue.

Je me souviens qu'elle m'avait harcelé pour qu'on devienne un couple officiel alors que pour moi, ce n'était qu'un plan cul, justement, que c'était notre *deal* de départ et qu'elle l'avait validé.

De deux, j'en désire une autre.

Et de trois…

Rien.

Quoi qu'il en soit, envisager une relation entre Elyna et moi est impossible, j'ai bien capté qu'elle m'était interdite.

Charlie s'approche de moi et d'un doigt déplisse mon front. Je n'avais pas remarqué que j'affichais une mine contrariée.

Ses yeux bruns pétillent toujours autant sur son beau visage pâle. Quelques mèches brunes de son chignon mal ficelé s'évadent sur ses joues rebondies et rouges. Elle reprend, avec un air empathique.

— Sa sœur, c'est tout ce qui lui reste et il a peur qu'un homme *comme son ex* s'intéresse à elle. La dernière fois qu'Elyna lui a confié qu'un autre mec l'avait draguée dans un bar et qu'elle voulait céder à un plan cul, il était hors de lui. Il pense qu'elle va s'effondrer à chaque fois, car elle imagine toujours un prince charmant, quand un type lui fait des avances. Enfin, je suppose que c'est la raison, il ne m'a pas vraiment confié grand-chose. Il souhaite lui faire rencontrer un pote parisien, l'été prochain. Un mec sérieux. Alors que franchement, je suis sûre qu'elle a un plan cul, et qu'elle ne lui dit rien !

Elle me fait un clin d'œil avant de fermer la boucle.

— Tout le monde a besoin de sexe, hein ? C'est ce que j'appelle être en bonne santé sexuelle !

Un spasme comprime mon estomac violemment. Pourquoi ai-je l'impression que je déteste l'idée qu'elle ait eue des mecs après son connard d'ex ? Elle a le droit, bordel ! Charlie a raison, le sujet du sexe est tabou dans notre monde, pourtant, il contribue à notre santé. Et surtout, tout le monde le pratique...

D'ailleurs, peut-être que je l'ai rencontré. Il est médecin dans quel hôpital à Paris ?

— Et... tu as la confirmation qu'elle a un plan cul ?

Elle secoue la tête en s'esclaffant.

— Tu es déjà mordu sans la connaître ? C'est très bon, ça, pour nos affaires ! me dit-elle.

Elle me sourit avant de reprendre. Je soupire, désespéré. Elle ne capitule pas et m'explique les raisons de son entêtement.

— Moi, je réagis avec toi comme Julian envers sa sœur. Je ne veux que ton bonheur. Tu es mon meilleur ami, Noël, et je déteste te savoir seul. Surtout que je vais me marier.

Je ne vois pas trop le rapport avec son union, mais bon.

Elle soupire et poursuit :

— Ça fait trop longtemps que tu te prives d'une relation, depuis ce qui est arrivé... à Noa. Et entre nous, tu dois tourner la page. Et quoi de mieux que deux cœurs brisés pour se recoller ensemble, hein ?

Elle marque un blanc avant de conclure.

— Si moi, j'y parviens, alors, toi aussi. Le serment que nous avons fait à Noa avant son dernier souffle, tu te souviens ?

— Ton premier fiancé ne te manque plus ? enchaîné-je d'une manière spontanée.

— Si je te disais qu'il ne me manque plus, qu'est-ce que ça changerait ? Celui qui a été l'amour de ma vie n'est plus, à quoi ça sert de tourner le couteau dans la plaie, Noël ? C'est pour ça que je me marie le 24 décembre, pour valider ma promesse. Il me voulait heureuse sans lui. Et je le suis. Mais avec lui dans mon cœur.

Elle fixe le plafond un instant comme si elle réfléchissait à sa prochaine réponse.

— Tu vas me prendre pour une folle, mais de toute façon, j'en suis déjà une, alors ! J'ai l'impression que c'est lui qui a mis Julian sur ma route. C'est étrange comme sentiment, mais c'est ce que je ressens. Et je refuse de passer mon existence à me morfondre, tu devrais faire pareil. On est vivants, Noël. On se doit d'avancer, sans jamais regarder en arrière.

Son discours m'émeut et mon cœur se serre. Je suis heureux pour elle, mais parfois, je trouve qu'elle s'est jetée sur Julian trop vite après celui qui aurait dû être l'amour de sa vie. Mais elle a raison.

Notre conversation est coupée par des voix joyeuses : celles de Julian et d'Elyna, que je reconnais déjà. Celle qui me fait faire un bond dans le cœur alors que je ne la connais pas !

Comment est-ce possible ?

Charlie me pointe de l'index.

— Si jamais tu tentes une approche uniquement baise avec elle, ne me dis rien, car je n'arriverai pas à le cacher à mon homme. Et toi, tu n'auras plus de queue ni de couilles à la fin de ton séjour chez nous !

Elle s'arrime à moi et me souffle des mots à l'oreille. Totalement contradictoires.

— Entre toi et moi, ça lui ferait du bien que quelqu'un ramone sa chose ! Tu me raconteras, hein, genre après mon mariage !

Bordel, elle est toujours aussi dingue ! Comme si j'allais lui faire un exposé si jamais…

Enfin, vu mon approche dans l'avion et Julian qui veut ma mort, je n'ai pas intérêt à essayer quoi que ce soit.

Charlie file jusqu'à la fenêtre et s'intéresse à ce qui se déroule à l'extérieur.

Mon cœur s'emballe. Pour attendre l'instant de notre deuxième rencontre, je jette un coup d'œil sur le côté, attiré par un rayon de soleil qui filtre à travers des carreaux et qui réchauffe l'intérieur en bois clair. Ils ont su rendre cet endroit très chaleureux, rien qu'avec les lutins en chêne qui trônent ici ou là, et les ornements de Noël un peu partout.

J'adore les écorces de pin posées sur les meubles, ça donne du cachet à la pièce principale, qui fait office de salon et de salle à manger. Le mur sur le côté est en brique rouge, ce qui, contrastant avec la décoration et le mobilier, produit un bel effet. Au fond, une cheminée crépite.

Sur le parquet traîne un tapis en peau de bête que je verrais bien pour...

STOP !

Plus loin, un sapin de Noël joliment apprêté sous lequel je mettrai mes bibelots parisiens achetés à l'aéroport de Roissy. Et sous lequel mon corps brûlant se poserait sur...

STOP, BORDEL !

Sur la table de la cuisine, on boirait deux chocolats chauds à la cannelle et ensuite, je foutrais tout sur le sol, je l'allongerais sur le bois et...

STOP, BORDEL DE MERDE !

Au moment où mes yeux affolés constatent que la porte d'entrée s'ouvre, je recule d'instinct jusqu'au niveau de l'escalier qui doit conduire aux chambres. Et quand elle s'efface, j'aperçois Elyna qui déambule aux côtés de son frère et de sa future belle-sœur.

Il y a un truc très sensuel dans son corps, qui me fait devenir dingue. Je ne sais pas ce que c'est, mais il m'attire comme un aimant.

Charlie se dirige vers moi et s'arrête à mon niveau. Je ne la regarde pas, toute mon attention se focalise sur la nouvelle venue. Sans m'en cacher, je la détaille d'une façon minutieuse. Elle porte un manteau noir comme si elle était en deuil, il est si féminin qu'il moule son corps de manière à dévoiler ses courbes voluptueuses. Ses cheveux dorés tombent en cascade sur ses épaules et la peau rougie de son visage invite ma bouche à se coller dessus. Partout.

Je tousse – exprès – pour qu'elle comprenne qu'un autre convive est présent et j'imagine déjà sa surprise lorsqu'elle en découvrira l'identité.

Ses yeux, reliés par des fils invisibles, se déposent immédiatement sur les miens. Ils sont si brillants qu'ils m'aveuglent. Son sourire magnifique s'étale sur sa bouche que je rêve d'embrasser. Mais il s'efface dès l'instant où elle me reconnaît.
Il est temps d'entrer en action. Enfin, de me présenter officiellement.

Je laisse ma valise où elle se trouve – c'est-à-dire au bas de l'escalier – et m'avance vers elle d'un pas tranquille. Son sac à main se fracasse sur le sol. *Elle* se fige et j'ai l'impression qu'*elle* aussi s'arrête de respirer.
Pourquoi elle me fait déjà cet effet-là ? Mon cœur qui bat à tout rompre comme s'il voulait s'évader ? Mes paumes qui deviennent moites et que je cache dans mes poches de pantalon ? Une espèce de chaleur insupportable qui m'enivre ?
Et que dire de son parfum vanille que je détecte alors que je suis à cinq mètres d'elle ?
Pourquoi tu mordilles tes lèvres, Elyna ?
Bordel, arrête ça, j'ai envie de les tirer avec mes dents, juste avant d'enfouir ma langue dans ta bouche…

Elle paraît reprendre ses esprits alors que je stoppe mes pas à moins d'un mètre d'elle. Confuse, elle ramasse son sac, puis se déleste rapidement de son manteau, qu'elle remet à Julian. Je déglutis quand je la vois *en entier*. Son chemisier blanc pourtant reboutonné maintenant jusqu'en haut me fascine, son jeans qui moule ses jambes et son bassin semble avoir été fait pour elle. Son visage se colore encore plus de rouge et ça lui va à ravir.

D'un geste maladroit du doigt, elle chasse une mèche qui collait à sa joue et la cale derrière son oreille. J'ai envie de toucher ses cheveux brillants qui s'échouent autour de l'ovale de son visage.

Bordel ! Reprends-toi, tu viens de la rencontrer et tu veux déjà lui sauter dessus ?

Mes paupières clignent une fois très lentement pendant que je l'observe. J'ai l'impression que tout mon corps tremble et que les vibrations se répercutent sur le sol pour rejoindre Elyna.

— Je te présente Noël ! Le meilleur ami de Charlie et maintenant le mien. C'est notre second témoin de mariage ! s'exclame Julian, un sourire radieux aux lèvres.

A priori, il ne s'est rendu compte de rien. Tant mieux, ça m'évitera des remarques.

Ou peut-être qu'il attend d'être seul avec moi pour m'interroger ? *Je m'en tape.*

Elyna lève ses prunelles au ciel et secoue sa tête. Son frère la regarde curieusement.

— Bonjour, Elyna, lui dis-je d'une voix douce et presque rauque.

— Vous vous êtes déjà rencontrés ? lui demande Julian, les yeux écarquillés, surpris que je prononce son prénom parce qu'il ne me l'a pas donné.

Parce qu'il n'a jamais parlé de moi à Elyna et qu'en théorie, je ne devrais pas la connaître. Sa sœur ignore que je l'ai repérée sur une image. Car Julian le lui a caché.

— Nous étions dans le même avion, lui répond-elle.

— Votre sourire vous va très bien, autant que votre prénom, qui est très original, ajouté-je.

Charlie claque sa langue sur son palais plusieurs fois pour me réprimander.

— Noël ! Tu peux la tutoyer, pas de manières entre nous, n'est-ce pas, Elyna ? Ici, au Canada, tout le monde se tutoie, d'autant plus que vous allez devoir cohabiter le temps de votre séjour !

Je valide en souriant.

— Bien sûr, me répond Elyna, les dents serrées.

Julian me jette un coup d'œil assassin.

Je crois qu'il devine que je suis *vraiment* attiré par sa sœur. Je me souviens que lorsque je lui avais dit qu'elle était séduisante sur la photo, il m'avait déjà prévenu à sa façon.

En cet instant, je me fous de tout.

Même du fait qu'après le mariage, elle sera repartie à Paris.

Julian s'avance vers moi et m'assène un coup de coude.

— Elyna est dans ma liste « pas touche », alors, ne t'avise pas de la sélectionner dans mon téléphone, me dit-il en arquant un sourcil.

Il n'attend pas d'être seul avec moi pour me dire ses quatre vérités. Il veut que sa sœur le sache elle aussi. La question est pour quoi ?

Je déglutis, lâche *ses* yeux et me frotte la nuque. Comment souhaite-t-il que je lui arrache son appareil des mains ? Je ne suis pas un voleur, moi !

Putain, il était sérieux, tout à l'heure !

Contre toute attente, Elyna libère un rire léger afin de détendre l'atmosphère.

— Liste « pas touche » ? Qu'est-ce que vous manigancez encore ? demande Charlie en arquant un sourcil.

— Rien, un truc idiot, il doit faire un truc… idiot pendant l'enterrement de vie de garçon, lui répond Julian en lui donnant un baiser sur la joue.

Il entoure ses épaules avec son bras pour la serrer contre lui.

Charlie n'est pas au courant ? À d'autres… Elle était présente lorsqu'il m'a envoyé le premier contact et elle n'a pas réagi. D'ailleurs, elle m'en a parlé tout à l'heure au téléphone. C'est peut-être un jeu entre eux. Ou bien elle s'imagine que son chéri en profite pour…, ou elle ne sait pas tout. Bref, je m'en fiche !

C'est peut-être pour qu'Elyna soit au courant ? Merde, il a peur qu'elle succombe à mon charme ? Et donc, il la prévient à sa manière que je ne suis pas libre pour une relation.

Je souris comme un con.

— Bien, tant que ce truc « idiot » ne dépasse pas certaines limites pour toi, Julian… Bon, Elyna, Noël, sans doute souhaitez-vous vous poser et vous rafraîchir ? Je vais vous montrer vos chambres, nous dit Charlie d'une voix enjouée.

Bordel, sa chambre sera à côté de la mienne avec au milieu une salle de bain commune…

Chapitre 5
Salle de bain

En bon gentleman, je me penche pour saisir le bagage d'Elyna, mais celle-ci ne le voit pas ainsi. Au moment où je frôle sa main par mégarde, un frisson se répercute dans mon bras. Fidèle à moi-même, je lui passe devant. Son agacement est perceptible sur ma chair, qu'elle rend fébrile.

Sur ma peau, putain ! Cette fille va m'achever…

Charlie s'arrête entre deux portes, pour nous expliquer où nous dormirons. Elle se place dos au mur, puis fait la circulation comme un policier le ferait pour nous indiquer la direction à suivre.

— Voilà, c'est ici : la chambre à droite pour Noël, celle de gauche pour Elyna ! La salle de bain se trouve au milieu, vous la partagerez. La nôtre est à l'étage du dessous, salle de bain intégrée. Vous serez au calme ici et n'entendrez pas nos ébats ! Je vous laisse vous installer ! À plus tard !

Je fais un clin d'œil à *la demoiselle enragée,* puis m'enferme dans ma pièce.

Prochaine étape : le dîner.

Je pose ma valise sur le sol et la défais en reportant mes vêtements dans l'armoire de trois mètres devant mon lit *king size*. La chambre est magnifique et à l'image du bas de la maison. Le lit est en bois clair, deux chevets occupent le reste de l'espace. Les murs blancs sont crépis et le parquet de couleur identique aux meubles brille.

Je jette un œil à travers la seule fenêtre de la pièce pour y apercevoir quelques flocons et la nuit qui tombe.

Avant de m'offrir une douche, j'appelle mes parents. Avec tous ces évènements, j'ai oublié de leur annoncer mon arrivée et de prendre de leurs nouvelles. C'est bizarre de les entendre comme d'habitude alors que cette fois-ci, je ne me trouve qu'à cent cinquante-huit *miles* de chez eux (deux cent cinquante-cinq kilomètres). Ils vont bien et c'est l'essentiel. J'ai bien noté dans la voix de ma mère qu'elle était déçue de ne pouvoir compter sur moi à Noël, puisque j'ai promis à Charlie de rester pour le réveillon après le mariage. Mais je me rattraperai ensuite, j'aurai tout le temps. La conversation de dix minutes s'achève et je raccroche. Ma paume passe sur mon visage fatigué. Je soupire.

Franchement, pourquoi je ne laisse pas tomber ? Elyna sera partie à Paris dans quelques jours !

Je n'en sais rien. J'ai l'impression que nous devions nous rencontrer. Comme si elle représentait ma seule chance dans cette vie que je consacre entièrement à mon métier depuis le décès de Noa.

J'empoigne un T-shirt, un jeans et un boxer propres, puis je me rends dans la salle de bain. Une fois à l'intérieur, je me déshabille à la hâte et me fous sous la douche. L'eau brûlante qui s'écoule sur mon corps me fait un bien fou. Lorsque je finis de me rincer, je coupe le robinet et pose mes pieds sur le tapis.

Bordel, j'ai oublié de prendre la serviette dans le meuble sous la vasque et je vais mouiller le carrelage !

Mon cerveau se met en alerte lorsque j'entends la poignée de la porte et c'est bien pire quand j'aperçois Elyna qui pénètre dans la pièce.

Bordel, ne me dis pas que je n'ai pas fermé à clé !

Elle va penser que je l'attendais, non, mais quel con ! Alors que j'ai fait comme chez moi, puisque je suis seul, d'habitude.

La première chose que fait ma queue lorsque je vois les pupilles brillantes de la jeune femme sur elle, c'est une érection instantanée et monumentale qui me surprend.

La deuxième que mon corps sent, c'est une terrible envie de *la* déshabiller et de *la* plaquer contre la paroi.

La troisième que mes yeux remarquent, c'est sa poitrine qui se baisse et remonte rapidement, sa bouche entrouverte cherchant de l'air et ses joues qui se colorent encore de rouge.

Et lorsque mes prunelles caressent virtuellement sa tenue d'Ève qui se planque à l'intérieur du peignoir qu'elle porte, mon désir devient un feu que je n'arriverai sûrement pas à éteindre tout de suite.

Elle couvre son visage de ses mains et je souris d'une manière canaille.

Alors, ce que tu vois te plaît, Elyna ?
— Mais vous ne pouvez pas fermer à clé ?! hurle-t-elle.

Sans rien ajouter d'autre, elle se détourne du spectacle que je viens de lui offrir sans le vouloir. Je l'entends courir jusqu'à sa chambre et en claquer la porte.

Sans prendre la peine de verrouiller la serrure – de toute façon, elle ne reviendra pas –, je me remets sous la douche pour me soulager. Non sans l'imaginer avec moi, en train de me faire des choses pas très catholiques. Je pousse un râle lorsque mon sperme s'évade enfin.

Bordel, c'est la première fois que j'ai un orgasme aussi puissant avec ma paume.

Le temps de retrouver mes esprits, je me sèche et m'habille rapidement avant d'aller toquer à sa porte. Elle ne m'ouvre pas, mais mon sixième sens entend qu'elle m'écoute.

— J'ai fini, tu peux disposer de la salle de bain, lui dis-je.
Silence.
Pendant au moins une minute.
J'attends quoi, au fait ?

Je frotte ma barbe, puis décide de me rendre dans ma chambre.

Notre première rencontre était mémorable, la deuxième à marquer dans les annales, la troisième dans le guide des records. Et les suivantes ?
Je souris en coin.
Elle ne les oubliera jamais.

Au moment où je m'apprête à rejoindre Charlie et Julian, dès l'instant où j'ouvre ma porte, Elyna me tombe dans les bras.
Elle m'espionnait ?
— Maintenant, tu me surveilles ou tu veux connaître la couleur de mon boxer ? lui demandé-je d'un ton moqueur.
Confuse, elle se ressaisit.
— Non, je voulais être sûre que la salle de bain était bien libre, me dit-elle, troublée.
Elle est débile, ton excuse, tu le sais, au moins ?
Son corps est *trop* proche du mien, son visage est *trop* près du mien, ses yeux pénètrent les miens un peu *trop* et son souffle tiède et vanille me frôle *trop*. Et son parfum est délicieux… à un point que ma queue se réveille encore une fois.
Je ne suis pas sorti de l'auberge !
— Si je t'ai dit qu'elle l'était, c'est qu'elle l'était, lui répliqué-je d'une voix ferme, le regard dur.
Elle opine du chef, mais ne bouge pas d'un pouce. Ses prunelles paraissent affolées un instant, comme s'il elle me craignait.
Ce jeu va trop loin.
Je fixe soudain le sol, comme si je cherchais quelque chose qui serait tombé de ma poche. Ma main droite masse mon front, puis je soupire, la fatigue me rattrapant.
— Il ne faut pas t'inquiéter, je n'ai pas l'intention de te sauter dessus. Je te l'ai déjà dit, tu peux me faire confiance, d'autant plus que tu n'es pas mon type de femme.

Bordel, Noël, tu ne peux pas t'en empêcher, hein ?

— Oui, je sais, et tant mieux.

Son ton est sec, mais déçu.

— Exact, et même si tu l'étais, je suis maintenant le meilleur ami de Julian par alliance et tu es dans la liste des femmes « pas touche ».

C'est une évidence, c'est vrai.

— D'accord.

Je hoche la tête avec une moue approbatrice.

— Bien.

— Bien !

Elle me gronde ou je rêve ? Elle est fâchée ou contrariée ?

Je passe une main sur ma barbe, mes yeux rivés sur les siens d'une manière intense. Je sais ce que mon cerveau rationnel va me proposer, mais je m'en fous.

— Maintenant, si tu veux bien te pousser, je vais rejoindre Charlie et Julian. Ne traîne pas trop, ce n'est pas très poli de faire attendre nos hôtes, lui dis-je.

Sans gêne, je la devance. Deux pas plus tard, je fais volte-face, en enfonçant mes pupilles dans les siennes.

— Je tâcherai de fermer à clé, la prochaine fois, je ne voudrais pas que tu me bondisses dessus si jamais ça te reprend.

Ses yeux s'agrandissent et son irritation reprend de plus belle.

— Jamais de la vie ! Tu n'es pas mon type et tu ne me fais aucun effet.

À d'autres !

— Ce n'est pas l'impression que tu m'as donnée tout à l'heure lorsque tu m'as reluqué.

Ma queue tressaille lorsque je comprends qu'*elle* est excitée.

Rectification : je l'ai excitée tout à l'heure, lorsqu'*elle* m'a vu à poil.

Elle n'aime pas les barbus ?

Oui, retenir ça.

Mon pantalon se serre au niveau de l'entrejambe.
Mon deuxième cerveau n'a pas saisi, apparemment.

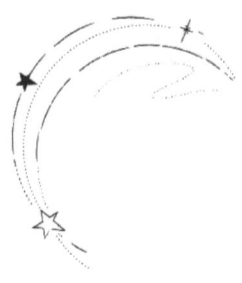

Chapitre 6
Le repas

Elle avale une rasade de vin avant de tousser à s'en tordre les boyaux. Mon côté médecin s'affole tant elle tarde à reprendre sa respiration. Mais elle tousse, c'est bon signe.

Je l'embête un petit peu, même si je devine qu'elle ne boit pas, car elle n'a pas l'habitude de l'alcool, ça se voit.

— Eh bien, tu as une sacrée descente ! lui dis-je avec un rictus.

Elle pose une main sur la poitrine et fait mine de vomir. Ou peut-être qu'elle en a vraiment envie ? Je m'apprête à chercher une bassine pour recueillir ses fluides lorsqu'elle me fait une grimace. J'ouvre grand mes yeux.

Elle se foutait bien de ma gueule !

Je prends mon verre rempli du même breuvage et en avale une gorgée en lui assénant un clin d'œil. Elle lève les yeux au ciel en secouant la tête en même temps.

Adorable.

— J'aurais dû te dire que ce n'était pas du vin. J'ai posé la bouteille sur la table pour plus tard, j'aurais dû vérifier ce que tu te servais… en fait, c'est de la fine Sève, de l'eau-de-vie de sirop d'érable… s'excuse Julian.

Elle balaye l'air avec ses mains pour lui signifier que ça n'a aucune importance, puis reprend le fil de la discussion comme si de rien n'était. Ah si, elle m'ignore toujours et ne m'a pas adressé la parole depuis le début du dîner !

Intéressant…

— Donc maintenant, tu cuisines ? lui demande-t-elle.

— Oui, j'adore ça, surtout les desserts !

— Il va faire une émission de télé, une espèce de concours ! nous apprend Charlie.

— C'est vrai ? Mais c'est génial ! lui répond-elle avec *quelques coups d'œil furtifs dans ma direction*.

De plus en plus intéressant…
Je m'immisce dans la conversation ? Je ne m'immisce pas ?
Je m'immisce…
— Et toi, tu cuisines ? Plutôt dessert ou plat de résistance, lui demandé-je en rivant mes yeux aux siens.
Elle secoue la tête, puis souffle ouvertement en déviant son regard du mien. Julian lance un petit ricanement qui me fait chier.
— Je n'ai pas de temps pour ça, me rétorque-t-elle d'un ton non avenant.
Je frappe la table avec ma main droite. Surprise, elle sursaute. Du coin de l'œil, je vois le sourire malicieux de Charlie et le sourcil de Julian qui se dresse.
— Traiteur, je m'en doutais ! lui dis-je.
En réaction à mon insolence, elle me foudroie du regard.
Putain, j'adore sa façon d'être !
Je suis dingue, moi ? À peine…
Elle se désigne d'un doigt et frappe sa poitrine deux fois. Mes iris dévient sur ses seins que je devine bien fermes, à travers son chemisier entrouvert au niveau du col.
Elle recommence à m'allumer inconsciemment, hein ?
— Je travaille, MOI, monsieur. TOI, tu dois avoir tout ton temps ! Tu fais quoi, déjà, dans la vie ? Ah oui, trente-cinq heures et RTT !! me dit-elle, ironique.
Julian racle sa gorge comme s'il était gêné.
Un soupçon de malaise flotte. Charlie lâche un petit rire et dresse son pouce à mon attention. Pouce que baisse rapidement Julian, une lueur d'agacement dans les yeux.
Je vais me calmer, ou alors, je sens que je ne vais pas passer cette soirée.
— Oh, Noël t'a dit ce qu'il lui était arrivé avant de monter dans l'avion en venant ici ? lui demande-t-il.
Bon, il n'a pas l'air si vénère contre mon attitude.
Je suppose qu'il a l'habitude, je plaisante souvent avec Charlie.

— Il était en retard et a fait attendre plus de trois cents passagers. Je sais, merci.

Charlie l'interpelle et secoue la tête pour lui donner tort. Je frotte ma nuque, légèrement mal à l'aise. Je déteste qu'on me traite en héros, j'ai juste fait mon boulot. Le serment d'Hippocrate n'est pas valable uniquement dans l'exercice de nos fonctions à l'hôpital ou au cabinet.

— Non ! Enfin, il était un peu en retard, c'est vrai, mais heureusement ! Un homme s'est effondré devant lui, alors Noël a pratiqué un massage cardiaque et lui a sauvé la vie !

Non, j'étais à l'heure et le mec était dans la salle d'embarquement.

Je prends le relais après Charlie, puisque *a priori* Elyna raffole de ce type d'histoires. Donc, je développe. Elle fuit mon regard, sûrement gênée par rapport à la critique qu'elle a formulée à mon égard. Ce qu'elle ne sait pas, c'est que je m'en tape. Je la comprends même. Si j'avais été *monsieur Tout-le-Monde* et que mon avion avait été retardé, j'en aurais rien eu à foutre du médecin que je suis.

— Tu vois quelque chose à me dire ? lui demandé-je en arquant un sourcil alors que Julian et Charlie se rendent à la cuisine pour préparer le dessert.

Enfin seuls !

— Je suis désolée, me dit-elle en baissant la tête sur son assiette. Tu dois m'en vouloir…

Je profite de l'absence de nos hôtes pour passer sur un autre registre.

— Pas tout à fait, lui rétorqué-je d'une voix éraillée.

— Tu devrais arrêter de me faire des avances et de me provoquer. Si j'ai cette attitude envers toi depuis que je te connais, c'est parce que tu…

— Je suis bélier, mon principal défaut, c'est de foncer. Toi, tu es vierge…

Elle rougit et remet une mèche derrière son oreille, alors qu'elle s'y trouvait déjà.

J'adore ses cheveux lâchés. J'adore l'effet que je lui fais.

— Exact, enfin, du point de vue signe du zodiaque seulement !

Je souris.

— Ça, je n'ai aucun moyen de le vérifier… enfin, pour l'instant…

Ses yeux s'abattent sur moi comme la foudre et je tressaille.

— Tu peux me croire sur parole, me répond-elle.

Je bats des cils et passe ma langue sur ma lèvre inférieure.

Tu ne le sais pas encore, mais je procéderai à un audit un jour…

— Vois-tu autre chose dont il faut qu'on parle ?

Je pose mes avant-bras sur la table après avoir repoussé mon assiette devant moi.

— Il y a quelque chose, oui : j'aimerais que tu arrêtes de te moquer de moi.

Ses prunelles rivées aux miennes coordonnées avec sa bouche gourmande et sa voix sensuelle me donnent des frissons.

— C'est ta faute, c'est toi qui commences à chaque fois.

Ses yeux s'écarquillent.

— Quoi ?! J'hallucine ! Depuis le début, tu n'arrêtes pas ! Au début du repas, tu as critiqué mes chaussons !

Son énervement reprend et mes moqueries aussi.

— Ce sont des pantoufles en forme de rennes !

— C'est la saison, non ? Vous, au Québec, vous aimez bien l'esprit de Noël ! Eh bien moi aussi, même si je suis Française !

— Mon esprit ?

Je hausse les sourcils plusieurs fois d'une manière taquine et elle roule des yeux.

— Et tu as aussi critiqué mon écharpe rouge que je porte en ce moment !

Ouais, parce que je ne peux pas apercevoir l'intégralité de ton cou, ma belle.

— Il ne fait pas froid dans cette maison ! Il fait au moins trente-cinq degrés !

Pour que tu te déshabilles…

— Et aussi mon châle !

Exact. Parce qu'il m'empêche de me délecter de l'ensemble de ta poitrine de plus près.

— Si tu portais un pull au lieu d'un chemisier, tu aurais moins froid.

Mais, je préfère que tu t'en tiennes à ce que tu as sur le dos, parce que c'est légèrement transparent.

— Je suis frileuse, OK ?! Je n'aime pas le froid !

Moi, j'ai un corps très très chaud, ça te dit ?

— Il y a bien quelque chose que je pourrais te proposer pour y remédier…

— Tu vois, tu recommences ! me répond-elle en me pointant du doigt.

Je plisse les yeux, comme si je ne comprenais pas son allusion alors que je capte tout.

— Quoi ?

— J'ai froid et tu veux me réchauffer !

Et plus, si affinités.

— Mon corps fait au moins quarante degrés à l'heure qu'il est… c'est dommage de ne pas en profiter…

— Tu… tu m'insupportes ! me lâche-t-elle en élevant un peu la voix.

J'humidifie mes lèvres et elle observe ma bouche avec intérêt. Elle mate mes mains, ma bouche et ses yeux, putain, ils s'enfoncent en moi jusqu'à brûler mes reins.

Tout doux, toi, dans mon caleçon.

— C'est ta faute, je vois tes seins à travers ton chemisier, donc… ça me fait…

Elle lève sa paume vers moi et clôt ses paupières en même temps.

— STOP ! Ne dis plus rien ! Je porte ce que je veux, quand je veux !

— À tes risques et périls…

Elle rouvre ses paupières et les plante dans mes yeux. Je frissonne.

— Tu devrais arrêter de mater ma poitrine…

Bordel non, je ne peux pas ! C'est comme si tu me demandais de ne pas manger du chocolat alors qu'il se trouve juste devant mon nez.

— Et toi mes yeux, ma bouche et mes mains…

Elle frémit elle aussi, puis referme son châle à mon grand regret, car maintenant, je n'ai plus la même visibilité. J'entends nos hôtes revenir. Elyna se penche vers moi et mon buste fait de même.

— Pourquoi dis-tu ça ? Je ne te regarde pas… me chuchote-t-elle.

En es-tu certaine, petite coquine ?

— Eh bien, moi… si… et ta bouche a l'air d'être exquise… lui réponds-je à voix basse.

Ses mots m'envahissent et grésillent sur ma peau.

Bordel ! Je ne sais pas si je parviendrai à gérer ma nuit.

Le dessert est servi et j'ai soudain très soif. Quand je tente de prendre la bouteille d'eau, ma main frôle la sienne, qui a décidé de faire le mouvement au même moment. Je souris avec mon air canaille, elle roule des yeux en réponse.

Lorsque son regard ardent plonge dans le mien, ma gorge s'assèche comme des gouttes de pluie qui s'évaporeraient au contact du sol brûlant du désert.

— Au fait, tu n'as pas de petit ami.

Ce n'est pas une question que je lui pose, c'est une affirmation.

— Non, je l'ai quitté, me déclare-t-elle à contrecœur. Et toi, une petite amiE ?

Mes lèvres s'étirent et ma poitrine se gonfle.

— Libre comme l'air…

Son sourire radieux n'a jamais été aussi délicieux…

Plus tard, je me retrouve collé à elle, sur un canapé très petit, à regarder une romance de Noël à la con. Mais j'adore être avec elle, à côté de la cheminée qui crépite. Près de son corps qui irradie tout le mien.

Julian et Charlie se plaquent l'un à l'autre et s'embrassent sans pudeur de temps en temps. Ils font envie. Me donnent envie de faire la même chose avec une certaine teigne qui accapare toutes mes pensées et mon être…

Aussi, lorsque nous nous parlons comme si nous étions de vieux amis, je laisse tomber mon côté insolent et elle son côté agaçant.

— Tu habites Paris, alors ? me demande-t-elle.
— Ouais, je suis chirurgien à l'hôpital Pitié-Salpêtrière.
— Quelle spécialité ?
— Cancérologie.
— Ah… je me sens un peu… rabaissée avec mon petit métier.
— Pourquoi ? Il n'y a pas de sot métier !
— Je suis infirmière et tu ne me croiras sans doute pas, mais dans le même hôpital que toi.

Quoi ? Et je ne l'ai jamais croisée ?

Aussitôt, la prédiction de ma cliente-voyante me revient en mémoire.

Je chasse ma dernière pensée d'un coup de balai virtuel.

— Non ! Quel service ?
— Néphrologie.
— Bizarre, ça fait un an que j'y travaille, je ne t'ai jamais vue.
— Moi non plus… mais peut-être que je connais ton nom de famille ?
— Noël Leclerc et je ne fais pas dans l'alimentation, plaisanté-je.

Son regard s'illumine.

— Docteur Leclerc ! Je connais ta réputation. Il paraît que tu es insupportable… un bourreau de travail qui ne pense à rien d'autre. Maintenant que je connais tes penchants pour… bref, permets-moi d'en douter…
— Le job, c'est du sérieux, on parle de vies. Ensuite, le reste, il faut bien décompresser. Ici, je suis là pour ne plus penser au boulot, enfin, presque… et en ce qui concerne les femmes… il y en a bien une qui me fait tourner la tête…

Elle déglutit. Je ne sais pas ce qu'il m'a pris, mais c'est trop tard. Le fond de mes pensées s'est fait jour.

Enfin, pas toutes…

— Ah…

— Quoique, si je te voyais en blouse d'infirmière déambuler dans les couloirs de l'hôpital… sans rien en dessous, bien sûr…

— Hey ! Le mythe de l'infirmière nue sous sa blouse n'existe pas !

— Tu crois ?

— Tu ne vas pas me dire que tu as déjà fait ça à l'hôpital avec une…

— Oh ! Il se moque de toi, n'est-ce pas, Noël ? coupe Charlie comme si soudain, elle s'était réveillée des bras de Julian. Nous, on monte, poursuit-elle, on vous laisse bavarder en toute intimité.

Julian et Charlie se retirent dans leur chambre sans aucune autre forme de procès. Elyna les suit des yeux avec envie, pendant que je ne rêve que d'une chose : l'embrasser jusqu'à en perdre haleine. La basculer sur ce sofa où nos genoux décident de se frôler sans cesse. Je ne regarde plus le film, d'ailleurs, je ne suis jamais arrivé à me concentrer dessus. Disons qu'une jeune femme attire toute mon attention. De mon premier et de mon second cerveau.

Je me laisse aller contre le canapé et prends mes aises, tandis qu'elle est droite comme un piquet, n'osant pas opter pour une position confortable. Le silence est soudain gênant.

Son dos est parfait, ses épaules sont magnifiques et son postérieur installé sur ce canapé est sûrement sublime.

Je ferme les yeux un instant. Je refuse un plan cul avec elle. Même si en cet instant, je crève de la sentir sur moi. Je crève de sentir sa peau sur la mienne, je crève de caresser chaque parcelle de son corps et de découvrir son intimité. Mais je devrai me contenter de mon imagination et cette nuit de ma main.

Soudain, elle se lève. Debout devant moi, elle est à nouveau immobile.

— Je pense que nous devrions aller nous coucher, il se fait tard, me dit-elle.

— J'aime beaucoup les femmes qui prennent des initiatives... je trouve que c'est super sexy et... bandant... d'ailleurs, faire l'amour ici, sur le tapis en peau de bête devant la cheminée ne serait pas déplaisant...

Elle soupire, exaspérée.

— Écoute, Noël, ce n'était pas une proposition indécente. Là, je n'ai pas envie de me bagarrer. Je suis fatiguée par le voyage et je ne rêve que d'une chose : dormir.

Et moi, ce n'était pas une proposition indécente non plus. C'était mon arrogance qui se manifestait.

Enfin... presque.

Je hausse les épaules en signe de défaite, pousse un long soupir, puis me lève pour être à sa hauteur. Mal à l'aise, elle baisse ses prunelles. Cette intimité dans l'obscurité de la pièce complique tout.

J'ose lui prendre le menton avec un doigt et redresse sa tête. Une décharge me parcourt jusqu'aux orteils et me coupe le souffle. Elle me dévisage un instant, comme sonnée elle aussi, puis je décide de couper court à sa souffrance.

Elle ne veut pas de moi ce soir, et je le respecte.

— Bien, peut-être demain, alors ? lui demandé-je avec un brin d'insolence qu'elle ne relève pas.

Elle déglutit, puis son sourire fait battre mon cœur un peu plus vite.

— Jamais, me chuchote-t-elle d'un ton éraillé.

Elle secoue la tête lentement et je suffoque lorsqu'elle saisit mon doigt pour le dégager de son menton. Mais à ma grande surprise, elle ne le retire pas tout de suite, se contentant de maintenir notre contact. Et je kiffe ça.

— De toute façon, tu n'es pas mon genre d'homme, me dit-elle avec une voix sensuelle qui étouffe celui qui se cache dans mon caleçon.

— Et toi pas mon style de femme, lui réponds-je en miroir.

L'électricité nous foudroie pour rayonner dans toute la pièce plongée dans une obscurité hasardeuse.

— OK, c'est réglé, alors, conclus-je en lâchant son menton doucement.

Elle frémit en fermant ses prunelles.

Bordel, ne fais pas ça, Elyna ! Je suis au taquet, putain !

— C'est réglé, me souffle-t-elle en projetant son air vanillé directement dans ma bouche.

Je clos mes paupières et me délecte de son odeur affolante pour mes sens déjà *trop* en alerte. Lorsque j'ouvre les yeux, les siens m'expédient des tonnes de bombes dans le corps.

— Bonne nuit, Elyna.

— Bonne nuit, Noël.

Lorsqu'elle enjambe l'escalier la première, j'imagine que je la retiens en enroulant mes bras autour de sa taille pour l'empêcher de monter. Je la tourne sur elle-même pour la coller contre mon torse et l'embrasser comme si ma vie en dépendait. Elle y répond avec ardeur et nous cheminons tous les deux, main dans la main jusqu'à l'étage.

Lorsque je marque un temps d'arrêt devant la porte de ma chambre, je visualise sa main sur la mienne, celle qui tient la poignée. Elyna me suit jusqu'à dans mon lit et nos corps se rencontrent.

Lorsque je me trouve sous les couvertures, elle me procure du plaisir en songe en me hantant toute la nuit.

Demain, je passe à la vitesse supérieure.

Et Julian ? me crie ma conscience.
J'en ai rien à foutre.
Je la veux. Et je l'aurai.
Et quand elle partira ?
Pour l'instant, elle est là.

Nos corps s'appellent, et tant que nous ne nous donnerons pas ce qu'ils désirent, nous ne serons pas tranquilles.
Une fois, une seule fois si c'est réciproque. Et c'est tout.
Parce que tu crois que ça te suffira, toi ?
Je me tourne sur le côté et j'emmerde ma dernière pensée. Je ne retournerai jamais à Paris et c'est là qu'elle vit.
Ce que je sais aussi, c'est qu'aujourd'hui, elle en avait autant envie de moi.

« *Pourquoi ne pas profiter de l'instant présent et voir où ça te mènera ? Tu as la vie devant toi, Noël.* »

J'ouvre les yeux, affolé, le souffle court et le corps en sueur. J'ai l'impression que Noa vient de me parler.

Je me redresse sur mon lit et regarde l'heure. Il est trois heures du matin, j'ai dormi deux heures d'affilée, alors que j'ai le sentiment que seules deux minutes se sont écoulées. Je passe machinalement une main sur ma barbe.
Je l'ai certainement rêvé.
Pourtant, au moment où je me recouche, une sensation de bien-être m'envahit. La même que lorsque je sentais sa présence à mes côtés.
Comme si Noa était encore avec moi.
Demain, j'irai lui rendre visite au cimetière. J'ai besoin de lui parler de ce qu'il m'arrive avant d'aller plus loin.

Et si mon existence était toujours à Paris, comme me l'a prédit la voyante ?

Je soupire en me recouchant. Mes yeux fixent le plafond seulement éclairé par les rayons de lune qui traversent ma fenêtre. Mon cerveau se fait des nœuds à force de trop cogiter.

Pourquoi ma vie est devenue si compliquée d'un coup ?

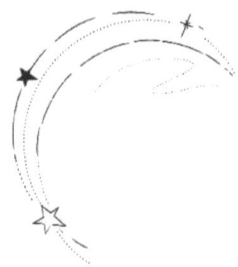

Chapitre 7
Seuls

Des pompes, de la muscu et de la boxe, c'est tout ce qu'il me fallait pour faire descendre la pression que j'ai emmagasinée. La nuit a été un véritable enfer, Elyna m'a obsédé. Et le mot est faible.

Je souffle une ultime fois puis essuie la sueur de mon front avec ma serviette, avant de la balancer sur mon épaule. Presque deux litres d'eau dans mon estomac et ce dernier en veut encore.

Je quitte le sous-sol, où se trouve la salle de sport personnelle de Julian. Il l'a bien équipée : un banc de musculation multifonction, un tapis de course, un punching-ball. Tout pour rester en forme à la maison.

Tout à l'heure, je me rendrai à l'agence immobilière pour ajouter ce détail qui n'en est pas un. Maintenir un corps en forme est essentiel pour la santé et vu le marathon qui m'attend dans mon nouveau job, ce ne sera pas du luxe.

Avant de faire une halte dans la salle de bain, je fais un détour par la cuisine.

Julian travaille et Charlie est partie faire du *shopping* avec ses copines.

Je me demande si Elyna a accepté l'invitation de mon amie ou non.

Mon entrejambe se réveille.

Putain, je repense à elle, moi ? J'étais tranquille jusqu'à présent ! Enfin, ma main l'était.

Quelques inspirations plus tard, je me retrouve nez à nez avec celle qui occupe tous mes fantasmes.

Merde, elle est dans la cuisine ? Enroulée dans une serviette, j'entends ? Elle ne peut pas, genre, s'habiller avec des vêtements moins sexy ?

Elle était face à l'évier lorsqu'elle pivote sur elle-même d'un coup. Ses yeux s'affolent, puis son visage se détend au moment où elle m'aperçoit. Elle pensait sans doute qu'elle était seule dans la maison et je l'ai effrayée ?

Ses cheveux tombent en cascade et encadrent l'ovale de son visage angélique. Elle n'est pas maquillée, et elle est magnifique…

Je déglutis et rajuste mon jogging sur mes hanches lorsqu'elle me caresse virtuellement de ses pupilles brillantes et intéressées. Je jure que chaque poil de mon torse nu se lève au fur et à mesure qu'elle le dévale du regard.

— Bonjour, me dit-elle d'une voix éraillée, comme si elle venait à peine de se réveiller alors qu'il est presque quatorze heures.

Je la détaille à mon tour, lentement, en imaginant instantanément son corps dépourvu de ce bout de tissu qui s'arrête à mi-cuisses.

Bordel, elle est si bandante avec ses courbes voluptueuses… elle est parfaite.

— Tu ne dis jamais bonjour, c'est malpoli, ajoute-t-elle de la même voix qu'il y a quelques secondes.

Je souris en coin, puis m'avance un peu plus vers elle, jusqu'à son niveau.

Parce que j'ai envie de le faire autrement, ma belle. Genre, avec un bouche-à-bouche sensuel et torride, ça te dit ?

Son souffle semble se couper quand je stoppe mes pas à quelques centimètres d'elle. Mon cœur recommence ses conneries à vouloir faire du sport, alors que je viens de le malmener comme jamais auparavant.

— Bonjour, Elyna. Je croyais que j'étais seul dans la maison.

— Moi aussi, je pensais qu'il n'y avait que moi, ici.

Elle resserre sa serviette autour d'elle comme si elle craignait qu'elle ne tombe. Je ricane.

— Il vaudrait mieux que tu t'habilles, lui dis-je.

Elle écarquille les yeux et au moment où elle s'apprête à me lancer une tirade, je la coupe.

— Parce que tu vas prendre froid. Tu as la chair de poule.

Pour éviter de me rendre fou.

Ma voix est rauque et trahit mon désir. Lorsqu'elle baisse son regard pour mater ma bosse largement visible, elle s'empourpre. Ma *moulure* gonfle encore un peu.

— Et toi, tu sens la sueur, tu ferais mieux de prendre une douche, me rétorque-t-elle.

Elle inspire et expire lentement, pour masquer son trouble, ce qui ne m'aide pas du tout.

— Froide, l'eau, ça te fera du bien, enfin, ça te rafraîchira, continue-t-elle en me fuyant.

J'incline la tête, elle lève ses yeux sur moi et j'admire sa bouche pulpeuse. Celle que j'aimerais voir rouge et gonflée par mes baisers. Puis, sans sommation, j'éclate de rire pour détendre l'atmosphère.

Pour éviter de poursuivre mon fantasme. La soulever pour la poser sur le plan de travail. Écarter ses cuisses et la prendre sans préavis.

— J'ai besoin de boire un coup avant, je viens de faire de l'exercice. D'ailleurs, la salle est à ta disposition, tu peux l'utiliser.

Elle secoue la tête.

— Je déteste le sport. Et je viens de manger un sandwich.

Sans aucune autre forme de procès, elle saisit un gobelet, ouvre le robinet et fait son œuvre. Ensuite, elle me le tend. Quand je l'accepte, nos doigts se frôlent et restent collés un instant, sans doute inconsciemment. Nos iris se rencontrent et les siens brillent plus que le soleil sur la neige. Lorsqu'elle dégage sa main, ma respiration reprend. Je porte le verre à ma bouche et avale le liquide d'un seul coup, ne la quittant pas des yeux. Ensuite, je le lui tends, mais elle l'ignore.

— Un merci m'aurait suffi, monsieur l'impoli !

Mes lèvres s'étirent et mon insolence avec.

— Un bisou, ça te va aussi ?

Elle bat des cils une fois et me regarde comme si j'étais un extraterrestre. Elle hésite à parler, ouvrant la bouche et la refermant deux fois. Le temps, je suppose, de trouver la réplique adéquate que j'attends avec impatience.

— Demande ça au père Noël pour voir s'il te l'apporte !

Sa phrase me fait sourire, car elle n'est pas comme d'habitude. Elle a un truc en plus.

Une ouverture.

On progresse...

— Pour la vaisselle, tu sais comment faire, je ne suis pas ta boniche, me crache-t-elle, agacée, en indiquant l'objet d'un geste de la tête.

J'humecte mes lèvres et passe ma langue dessus, Elyna suit mes gestes avec avidité, comme si je la fascinais. Sa respiration se fait courte et je tente d'allonger la mienne sans succès.

Volontairement, je m'approche d'elle au moment où mon bras entoure son flanc droit pour pouvoir poser le verre dans l'évier.

Je n'y peux rien, hein, elle est sur mon chemin et ne se déplace pas d'un pouce !

Je rigole, bien sûr.

Bien entendu que je le fais intentionnellement...

Nos deux corps se happent comme s'ils étaient aimantés et je lutte avec acharnement pour ne pas me coller à elle, car nous nous trouvons à moins de quinze centimètres l'un de l'autre. Sa chaleur m'attrape avec force, son odeur vanille me donne le tournis et si j'écoutais mon désir et son ouverture, je crois bien que je la coincerais contre l'évier et que je l'embrasserais à en perdre haleine.

Mais bien entendu, je n'en fais rien.

Je ne ferai rien tant qu'elle ne me le demandera pas de vive voix. Même si j'y vois des signes.

Parce que ça ne sera qu'une seule fois, et je veux être certain qu'elle envisagera la même chose.

Entre nous, une liaison longue durée est impossible.

Mon cœur se serre à ma dernière pensée et j'inspire profondément. Je ne sais pas pourquoi je me suis tellement attaché à

cette femme aussi vite. Pourquoi j'ai l'impression que je ne rencontrerai jamais quelqu'un d'autre comme elle.
Je vais arrêter de gamberger, ça me rend dingue.

Je me dégage, la délivrant enfin. Sa bouche s'entrouvre, cherchant de l'oxygène par tous les moyens. Je détaille cette dernière avec gourmandise et clos le débat.
— Je vais suivre ton conseil, lui dis-je en lui assénant un clin d'œil.

Je fais quelques pas en direction de la porte, conscient qu'elle mate ma stature musclée, avant de lui faire face une nouvelle fois. Elle n'a pas bougé d'un pouce. Son regard brille encore plus si c'est possible et ses jambes sont serrées, comme si…
Putain, tu ne m'aides pas, Elyna !
— Je vais en ville tout à l'heure, si ça te dit de m'accompagner, pour découvrir les alentours. Je pars dans une demi-heure.

Ma proposition est sortie toute seule. Après tout, elle ne connaît pas Montréal, nos hôtes sont absents, qui de mieux pour lui faire voir quelques coins de la cité ? Sans aucune arrière-pensée.

Bien entendu…

Elle fait une moue interrogative.
— Si tu me promets de ne rien tenter de *ce que tu sais*.

Je me désigne d'un doigt en grimaçant.
— Moi ? Mais je suis un ange. Je ne tenterai rien de *ce que je sais*.

Ma voix est trop rauque, mon cœur bat trop vite. Elle me regarde trop d'une façon trop… érotique. D'ailleurs, tout est érotique chez elle.
— Dans tous les cas, rien de ce que tu ne voudras pas faire avec moi, ne puis-je m'empêcher de rajouter.

Sa mâchoire se décroche lorsqu'elle capte mon sous-entendu. Je secoue la tête de gauche à droite précipitamment. J'ai vraiment envie qu'elle m'accompagne.

— Je te le promets, Elyna. En tout bien, tout honneur, lui dis-je plus sérieusement.

Elle laisse passer cinq secondes interminables avant de me répondre.

— Alors, d'accord.

Je souris, content de sa validation, et elle me le rend en miroir.

Mon doigt se dresse dans sa direction. Elle me détaille avec curiosité en faisant disparaître son sourire. Avec moi, elle s'attend à tout. *Et elle a raison.*

— Je vais dans la salle de bain, ne tente pas d'ouvrir la porte, elle sera fermée, plaisanté-je.

Elle roule des prunelles et soupire.

— Comme si j'avais besoin de revoir *ta petite queue…* me lance-t-elle d'un ton railleur.

Donc, tu l'as remarquée, un bon point pour toi…

Ladite queue tressaille dans mon pantalon et j'étrécis les yeux, touché malgré tout dans mon estime.

— Il faudra que je te la remontre, tu ne l'as pas bien vue.

Sa bouche s'ouvre en grand. Je jubile. J'adore la faire sortir de ses gonds, c'est plus fort que moi.

— Pour ça, il faudrait que tu sois *nu*, ose-t-elle.

Je déglutis, mon cœur me donne un coup et mon entrejambe frémit.

Elle me cherche ? C'est nouveau, ça, je veux dire, de cette façon !

— Arrête de me provoquer, sinon, je ne te promets plus *rien du tout*, lâché-je d'une voix mi-rauque, mi-railleuse.

Visiblement troublée, elle remet une mèche rebelle derrière son oreille. Un tic délicieux que j'ai remarqué à plusieurs reprises lorsqu'elle est perturbée. Puis elle joue l'indifférence. Ses yeux se lèvent au ciel et sa main droite se pose sur sa hanche.

Comme j'aimerais dérouler cette putain de serviette et admirer ce qui se cache en dessous !

Son corps, je ne sais pas ce qu'il a, mais il y a un truc qui me fait devenir fou.

— Je te rends la pareille, histoire que tu voies comment ça fait lorsqu'on se prend de telles remarques sans s'y attendre ! se justifie-t-elle d'un ton hautain.

Ce que ça fait ? Elle y tient vraiment ?

Ça fait que j'ai envie de te baiser dans toutes les pièces de cette baraque, Elyna. Et dans toutes les positions possibles et imaginables.

Elle lèche ses lèvres pendant que l'autre agonise dans mon caleçon.

Je suis en manque. Mais le pire, c'est que tant que je ne l'aurai pas dans mon lit, il ne disparaîtra pas. Je le sais.

Et je suis foutu. Elle me tient par les couilles sans même les avoir touchées.

Je rajuste mon bas de jogging, elle suit ouvertement mon geste des yeux.

— Je ne te provoque pas, je cherche à te déstabiliser, et *a priori*, ça fonctionne, me dit-elle en désignant maintenant mon membre gonflé.

J'adore quand tu t'adonnes à ce jeu dangereux, ma belle, tu le sais, hein ?

Laisse-moi te dire que tu es inconsciente, ma chère…

Avec un air canaille, je m'approche d'elle jusqu'à ce que ma poitrine effleure sa serviette. Elle se décale jusqu'à toucher l'évier et plaque ses mains dessus.

Je n'ai qu'un geste à faire et je pourrais fondre sur sa bouche.

Je n'ai plus qu'un pas à faire et elle pourrait se retrouver scotchée contre mon torse.

Je n'ai plus qu'à la soulever, la poser sur le plan de travail, dégager ce qui nous gêne et fusionner d'un seul coup de reins.

Si je pouvais.

À vrai dire, j'arrive à mes limites.

Son regard est fait de braise et me fout en feu, genre qui avale six mille hectares d'un coup.

Elle a raison, j'ai besoin d'une douche froide. Glacée même.

— Ne me cherche pas, à moins, que… reprends-je.

Elle me coupe et chuchote comme moi.

— À moins que quoi… *connard*… ?

Lorsqu'elle susurre le mot *connard* avec un petit son rauque, il s'en faut de peu pour que je jouisse comme un puceau, maso que je suis. Elle me fait un tel effet qu'à cet instant, je sais que si je la pénétrais, un seul coup de reins me suffirait pour lâcher tout le lest d'un coup. Et ce ne serait pas un rapport mémorable pour elle ni pour mon *ego*.

Je clos les paupières pour mieux respirer son souffle qui se mêle au mien. Nos bouches ne sont qu'à quelques millimètres l'une de l'autre. Ce serait si facile de la goûter ! Si simple…

Pourquoi tu ne te tires pas, Noël ?

— À moins que tu ne veuilles ma queue dans ta chatte maintenant, la provoqué-je de plus belle.

Parce que j'ai envie d'elle et que si elle me dit oui, eh bien, si elle me dit oui… je sens que je vais faire une connerie et que je serai mort demain des mains de Julian.

Ouais, mais une connerie délicieuse qui me ferait crever heureux…

Nos respirations deviennent erratiques, puis je décide d'arrêter le jeu que j'ai initié, pile au niveau du point de non-retour.

C'est mieux comme ça.

Je me décale. Son regard est furieux.

En raison de mon audace ? Parce que je la laisse pantelante, ivre de désir ?

Parce que je sais qu'elle a envie de moi. Je le vois, je le sens, je l'entends.

Je quitte la pièce comme un voleur, après avoir chipé un reste de son sandwich au beurre posé sur le plan de travail, juste avant de lui asséner un clin d'œil appuyé.

Dans la cuisine, c'est dangereux, elle pourrait me lancer de la vaisselle !
Je ris intérieurement à ma pensée.

— Enfoiré ! me crie-t-elle alors que je suis déjà dans le couloir.

C'est confirmé, elle me désirait autant que moi.

Et surtout, la prochaine fois, c'est elle qui me suppliera de la prendre.

Non, mais Noël, arrête ! Sinon tu le regretteras lorsqu'elle rentrera en France.

J'emmerde ma dernière pensée.
La vie est trop courte pour se faire chier avec la raison.

Chapitre 8
En ville

Nous arpentons les rues du vieux Montréal depuis vingt bonnes minutes. Elyna marche à mes côtés, emmitouflée dans son gros parka. Des moufles recouvrent ses mains et un bonnet de laine cache ses cheveux. Je suis vêtu comme elle, car les températures sont très basses aujourd'hui.

— Qu'est-ce que ça caille ! me fait-elle remarquer.

Je lâche un sourire et nos visages se rencontrent.

— Moi, je trouve qu'il fait plutôt doux, ris-je.

Je sais qu'elle n'a pas l'habitude, moins six degrés et de la poudreuse. Ce n'est pas à Paris qu'on verrait ça avec cette ampleur.

— Tu déconnes toujours autant ?

Nos pas écrasent la neige gelée de temps à autre, là où les trottoirs ne sont pas dégagés. Le soleil nous illumine soudain.

— Nan, là, je suis sérieux. Le médecin que je suis t'expliquerait que le froid conserve le corps humain. D'ailleurs, tu supprimerais quelques-unes de tes rides, lui dis-je.

Un coup de poing sur mon épaule de sa part et une étincelle jaillit de mon corps.

— Dis tout de suite que je suis âgée !

Nos yeux se rencontrent d'une manière si intense que ça me fait vibrer. Je poursuis mon délire.

— Tu n'es plus toute fraîche !

Elle souffle et marmonne « trente ans seulement » dans sa barbe. *Comme moi.* Mon sourire s'élargit. Elle n'est pas vieille, non, elle a l'air plus jeune en réalité.

— Tu avais promis, Noël.

— Quoi ? Même lorsque je dis la vérité ?

Sans prévenir, elle stoppe ses pas, se baisse et forme une boule de neige. Je m'arrête pour voir ce qu'elle fabrique.

Je rêve ou elle… me la jette sur la joue.

Putain, elle est glacée ! Elle est folle ou quoi ?

Elle éclate de rire et le son cristallin qu'elle produit me contamine. J'attrape ses mains et les emprisonne derrière son dos, si bien que mon corps se colle au sien. Des volutes de fumée dues à nos souffles apparaissent. Sa chaleur me frappe avec une intensité démente.

— Si musclé et avoir peur d'une boule de neige ! me provoque-t-elle.

Une certaine fierté m'envahit. Elle a remarqué mon physique.

Très très intéressant, tout ça…

— J'ai envie de t'embrasser, lâché-je dans un sursaut de je ne sais quoi.

Elle change de couleur. Elle est verte. Véridique.

Putain, je suis con ou quoi ? Qu'est-ce que je fous ?

Je délivre ses mains. Les siennes poussent légèrement mon torse. Je me décale d'un pas en arrière pour lui laisser l'espace qu'elle requiert.

— Moi pas, Noël. Que les choses soient claires. Tu me fais visiter la ville et rien d'autre. Je n'ai pas de place pour une nouvelle relation. Surtout avec un mec qui n'arrête pas de m'horripiler comme toi. Aussi mouillant soit-il.

Je devrais me braquer, ou alors lui dire que c'est ce que je désire comme elle : aucune histoire sentimentale puisqu'un océan nous séparera bientôt et que son frère ne veut pas de moi comme son petit copain. Mais je ne retiens qu'une seule chose : pour elle, je suis mouillant.

Je m'écarte encore légèrement, puis éclate de rire. Forcé, exagéré à souhait, sonore, accompagné par ma tête qui se renverse en arrière. Lorsque je la regarde à nouveau, ses pupilles lancent des éclairs.

— Parce que tu crois que tu m'intéresses ? Pour autre chose qu'un coup vite fait ? lui rétorqué-je.

Bordel ! Je suis un enfoiré de première, parce que je n'en pense rien. Mais c'est trop tard pour revenir en arrière.

Contre toute attente, ses yeux s'humidifient.

Merde ! Je n'avais pas prévu de la blesser.

Tu es allé trop loin, gros con !

— Excuse-moi, Ely…

Elle me coupe violemment et me pointe de ses moufles.

— Tu sais ce que tu es ? Une merde ! Comme Noah, mon ex. Un enfoiré qui se tapait tout ce qui bougeait ! Et tu sais ce qu'il m'a dit ? Exactement la même chose que toi. Je ne l'ai intéressé *que pour la baise*.

Elle halète, comme si elle faisait une crise d'angoisse et pour la première fois de ma vie, je ne sais pas quoi faire.

Il s'appelait Noa, son mec ? Putain…

— Et tu sais quoi ? Vous, les hommes, vous êtes tous des connards ! Des CONNARDS ! hurle-t-elle.

Elle essuie rageusement ses larmes, puis commence à marcher rapidement devant elle. Je la suis, pour rattraper le coup.

— Elyna, attends !

— Va te faire foutre !

Elle accélère le pas, et moi ? Je la suis comme un petit chien.

Comme un connard que je suis, elle a raison.

Au moment où elle s'apprête à traverser la rue sans regarder, mon palpitant s'emballe et de la sueur coule le long du sillon de mon dos. Je l'attrape par le coude et l'étreins contre moi, tandis qu'une voiture klaxonne après avoir freiné en urgence. Mon palpitant cogne, mes jambes tremblent, mon cerveau débite des scénarios noirs.

Putain ! À cause de mes conneries, elle a failli se faire renverser.

D'instinct, je la serre contre moi, fort, très fort. Tellement que j'entends battre son cœur et ses sanglots arriver de plus belle.

— Je suis désolé, Elyna, je ne suis qu'un connard. Je ne souhaitais pas te blesser. Putain ! S'il t'était arrivé malheur, je ne sais pas ce que je me serais fait…

Elle renifle, puis nos yeux se rencontrent. Dans les siens, je détecte une immense tristesse. Ça me file le cafard, car je ressens sa peine jusqu'aux tréfonds de mon âme.

— Je jouais, c'est tout, mais c'est vrai que tu ne me connais pas... ajouté-je.

Elle renifle une nouvelle fois.

— Et je désirais vraiment t'embrasser. Je ne rêve que de ça depuis que je t'ai vue dans l'avion. Mais je comprends que tu ne le veuilles pas, lui dis-je encore pour finir de la convaincre.

Elle s'essuie le nez avec sa moufle, puis le frotte contre mon manteau. Je mime une grimace de dégoût pour la forme. En réalité, j'aime bien ce qu'elle fait, maboul que je suis.

— Merci de m'avoir rattrapée, j'ai failli... commence-t-elle.

Je pose un doigt sur sa bouche.

— Je ne mérite pas ton indulgence. J'ai été trop loin dans mes délires. C'est ma faute.

— Waouh ! C'est bizarre d'entendre ça de toi, Noël.

— C'est vrai, mais ne t'y habitue pas trop, hein ? plaisanté-je.

Elle aussi a eu son lot d'emmerdes, comme moi. Elle est en droit d'être heureuse.

Bordel, pourquoi mon estomac se retourne à l'idée qu'elle le devienne avec un autre mec que moi ?

Elle me sourit timidement, pendant que des flocons de neige nous frôlent. Ses prunelles regardent le ciel qui commence à s'obscurcir. Elle préfère changer de sujet, et je lui en suis reconnaissant.

— Moi qui pensais qu'en hiver, on ne devait plus sortir en attendant les températures plus douces et que le froid ici m'arrêterait... J'adore cette ville, ses rues, ses boutiques qui les bordent, ses vieux bâtiments qui ont vu passer tant de gens ! J'aime beaucoup la chaleur qui transpire de tous les habitants...

Elle me jette un coup d'œil furtif et je remarque que je la tiens toujours. Et surtout qu'elle ne proteste pas. C'est idiot, mais je suis heureux. Juste parce qu'elle se trouve dans mes bras.

— Enfin, sauf toi, bien sûr !

Elle se racle la gorge, puis se dégage lentement et je me sens vide. J'enchaîne sur une nouvelle proposition.

— Et si, pour te changer les idées, on grimpait sur la grande roue ? Elle est ici été comme hiver, mais en hiver, c'est autre chose.

Elle me regarde d'un air méfiant.

— La cabine est chauffée et tu ne le regretteras pas, ajouté-je.

Elle hoche la tête et nous faisons la queue un instant plus tard.

Il y a du monde, mais en cette période de fêtes avec les touristes qui ne veulent pas manquer de monter sur la plus haute installation de la ville, rien d'étonnant.

L'ambiance s'est détendue et je reste sage, enfin, autant que je le peux. J'en profite au passage pour frôler son épaule avec la mienne, me caler contre son dos sous prétexte que quelqu'un me bouscule… Je sais qu'elle n'est pas dupe, mais elle ne me repousse pas, appréciant elle aussi chaque contact.

Un truc poignarde mon cœur par surprise.

Putain ! Si elle y était passée, je ne me le serais jamais pardonné.

— Hey, Noël !

Une femme m'interpelle et quelqu'un me tapote l'épaule. Je me retourne, étonné. Lorsque je reconnais la personne, je sursaute *presque*, détournant mon attention d'Elyna.

Sans attendre, la femme me fait une accolade que j'accepte malgré tout le mal qu'elle m'inspire.

— Bonjour, Alix, comment vas-tu ?

Ma voix est grave, dénuée de toute chaleur.

Je devais la revoir ici, celle-là !

— Tu es arrivé quand ? me demande-t-elle.

Qu'est-ce que ça peut te foutre ?

Je passe une main sur ma barbe et l'espace d'un instant, je remarque qu'Elyna a la mine renfrognée. Pas le loisir d'analyser son attitude.

— Je suis là peu de temps.

Lorsque je prononce cette phrase, mes iris rencontrent les vert émeraude qui me fixent intensément.

— Je comprends, ici, tout te rappelle Noa.

Les yeux d'Alix sont apitoyés. J'ai envie de lui dire que tout était de son fait. Mais la vérité, c'est que ce n'était la faute de personne.

Je clos les paupières un instant, pour calmer mon énervement qui s'installe. Je m'attendais à tout sauf à elle.

Elle est comme les autres.

Enfin, c'est une saleté et ça, ça ne changera pas avec le temps.

Pourquoi elle prend un air empathique lorsqu'elle me voit ?

Je me souviens maintenant des raisons réelles de mon départ du Canada. À la mort de Noa, tout le monde me pensait fragile. J'en avais plus qu'assez des expressions tristes, des paroles qui se voulaient réconfortantes, alors que je ne demandais qu'à oublier.

C'est vrai, je culpabilisais de ne pas avoir pu le sauver, mais je ne suis qu'un homme qui a appris son métier en fac de médecine.

Et ça me fait chier, mais je m'en veux tout de même.

— Je te présente Elyna, une… la sœur d'un pote.

Alix s'approche de ma voisine et l'enlace. Elyna se laisse faire en me faisant les gros yeux.

— Noa, avec un h ? m'interroge-t-elle lorsque l'autre conne la lâche.

Je ne comprends pas bien sa question et ne vois pas ce qu'elle vient foutre ici et maintenant. Mais je lui réponds tout de même.

Je secoue la tête.

— Non.

Mon ton est sec, à cause de la douleur sournoise qui réapparaît. En même temps que ma hargne lorsque la face d'Alix exprime une compassion peu coutumière chez elle.

Qu'elle se casse, bordel ! Je ne veux plus jamais lui parler.

— Écoute, Alix, je suis content que tu ailles bien. Moi, je suis en forme. J'ai accepté la mort de Noa. J'ai pardonné ton comportement de merde. Maintenant, au revoir. Et à jamais.

Son visage devient grave. Elle opine du chef sans demander son reste.

— D'accord.

Je suis brutal, je le sais. Mais c'est tout ce qu'elle mérite.

— Noa, c'était…

Elyna touche mon avant-bras, j'en profite pour lâcher une expiration très lente. Mes iris rencontrent les siens d'une manière intense.

— C'était ma moitié.

Elle soupire.

— Ah… Tu étais fiancé avec elle ?

J'étrécis les yeux, grimace et ne peux m'empêcher de rire.

— Non, c'était mon frère jumeau.

— Oh, je suis… confuse, désolée… Je suis… toutes mes condoléances… Ah, je comprends mieux l'histoire de la moitié… eh ben, c'est… enfin, rien.

— Merci. Mais je n'ai pas envie d'en parler. Il est enterré à Montréal. Si j'ai quitté mon pays natal, c'est parce que je ne supportais plus cet hôpital où il a fini par crever. Et aussi la pitié des autres.

Entre autres.

J'omets volontairement mon idée de revenir aux sources. Elle ne me répond pas, ne me pose pas de questions sur mon frère décédé, respectant mon choix. Et j'apprécie beaucoup.

Son gant frotte son front comme si elle était perturbée, puis sa bouche s'ouvre à nouveau.

— Et elle ? Cette Alix ? C'était ta copine ?

Elyna fixe un point devant elle et enfouit ses mains dans ses poches. Nous avançons d'une place et je l'accompagne légèrement en calant ma paume sur ses reins. Elle tremble et ses pupilles se posent sur les miennes.

Elle s'intéresse à moi et ça me plaît beaucoup.

Elyna revient vers moi. Je secoue la tête.

— C'était la première fiancée de mon frère, avant sa maladie. Lorsqu'elle a appris qu'il avait un cancer, elle l'a quitté. Le pire, c'est qu'elle souhaitait se faire défoncer par mes soins. Elle voulait que je la baise ! Quelle connasse…

Mes nerfs sont à vif quand je me remémore sa proposition indécente alors qu'il agonisait sur son lit de mort. Quel genre de fille fait ça ? Trahir son petit ami, même si elle n'était plus avec lui ? Qui plus est avec son lien de sang ? Et demander ce truc dans l'hôpital et dans le service de fin de vie où était son mec ? Irrespectueux. Et le mot est faible.

Je reprends.

— Charlie a fait la rencontre de Noa juste après et ils ne se sont plus quittés, jusqu'à ce que…

J'inspire profondément avant de poursuivre.

— Elle avait l'espoir que Noa guérisse. Ils se sont promis de se marier dès qu'il irait mieux. Mais il y est passé. Je me souviens de leurs fiançailles pendant la courte rémission de mon frère.

Je m'arrête, tandis qu'une boule dans la gorge me prend par surprise. Après cinq secondes, je poursuis :

— En vérité, Alix ne l'a jamais aimé. Alors, sa pitié, elle peut se la foutre où elle veut. Et sa compassion aussi.

J'ai l'impression qu'Elyna a retenu tout l'air qu'elle expire longuement.

— Je connais le sentiment de perdre des êtres chers. Mes parents ont disparu dans un accident de voiture, mais Julian a dû t'en parler. Je te comprends, Noël. Et je suis de tout cœur avec toi.

Elle lâche un petit rire stressé, puis reprend, le regard fixant le vide devant elle :

— Je déteste aussi le comportement de pitié des gens lorsqu'ils me voient. Je sais que ce n'est pas simple quand tu apprends que quelqu'un est touché par un deuil, je veux dire, de savoir comment aborder la personne en question. Lui dire des mots justes. Car aucun mot n'est juste. Aucun mot ne permet d'oublier ton malheur. Aucun mot ne permet d'effacer toute ta tristesse et de réanimer ton cœur qui a arrêté de battre. Personne ne peut comprendre tout ça sans l'avoir vécu.

Ses paroles me coupent la respiration et nos bouches s'approchent dangereusement l'une de l'autre. Et lorsqu'Elyna ferme les paupières, que son souffle se mêle au mien d'une manière profonde, nous sommes stoppés dans notre élan.

— C'est à vous !

Elyna et moi nous sourions et je lui fais un clin d'œil.

Parce que je ne sais pas faire autre chose en cet instant. Que mon cœur s'emballe de plus belle et que j'ai frisé la crise cardiaque juste parce que j'ai failli frôler ses lèvres.

Nous nous installons dans notre cabine l'un à côté de l'autre et nous sourions en miroir pendant que la grande roue commence à tourner. Nous décollons du sol lentement et peu à peu, ce dernier s'éloigne.

— Je peux, enfin, tu peux me tenir la main ? Je n'ai pas le vertige, hein, mais… me demande-t-elle, légèrement angoissée.

En réponse, je retire mes gants et celui de sa main droite. Elle se laisse faire. Lorsque je la lui saisis, mon cœur se gonfle d'une joie inexplicable. Elle soupire et paraît se détendre.

Ses yeux sont partout à la fois, sur le paysage, le ciel. Ses mots sont débités à une vitesse fulgurante, pour me décrire ce qu'elle aperçoit. Elle a raison, nous avons l'impression de flotter au-dessus de la ville maintenant éclairée de toute part, puisque la nuit s'est installée. La cabine, dotée de vitres en verre trempé clair, nous permet de contempler l'horizon. Nous sommes perchés à une hauteur de vingt étages environ. C'est sensationnel.

— Regarde là, Noël ! C'est un panorama rare ! Et la déco festive est juste sublime vue d'en haut !

J'en profite pour me rapprocher d'elle et nos souffles se mêlent.

— La patinoire, là-bas ! Regarde ! lui dis-je à mon tour.

— Ouais, pas mal. Ça fait un siècle que je n'ai pas mis de patins !

— Je te montrerai demain.

— J'ai peur de tomber, m'avoue-t-elle.

Elle lève un œil suspicieux et lorsque je caresse sa main du pouce d'un geste machinal, je la vois frémir.

Je déglutis. Ce geste me paraît si naturel que je n'ai pas réfléchi à ce qu'il représentait vraiment.

— C'est pour ça que tu me caresses la main ? Pour me rassurer ?

J'acquiesce d'un mouvement de tête.

On va dire ça.

— C'est Julian qui a prévu cette sortie pour demain, une journée à la patinoire sur un étang glacé.

Son visage se crispe.

— Il n'est pas bien ou quoi ? Et si la glace se brise !

— C'est sûr qu'avec tes cent kilos, ça risque ! plaisanté-je, car elle doit peser moins qu'une plume.

Elle me lance une flèche depuis ses iris, puis j'éclate de rire. Elle lève les yeux au ciel. Puis, sa bouche gourmande perturbe mon second cerveau.

— Si tu veux, on peut se dédouaner et faire autre chose de plus… chaud…

Ma voix est éraillée. Elle le prend à la boutade, sauf que pour moi, je ne badine pas, cette fois. Elle dégage sa main de la mienne, puis me pousse avec son épaule.

— Rappelle-toi, Noël, tu as promis de ne pas jouer à l'insolent.

J'acquiesce d'un geste de la tête et elle poursuit sa contemplation pendant que la roue exécute plusieurs tours sur elle-même.

Moi, je l'admire, elle, sans me lasser.
Elle est sublime.

J'ai envie de flâner sans objectif précis dans les ruelles piétonnes pavées et les quais du port, avec elle, main dans la main. Jusqu'au bout de la nuit.

J'ai besoin de la serrer dans mes bras pour l'éternité et cette pensée me rend dingue.

En cet instant, j'ai envie de tenter quelque chose de durable avec elle et mon idée de rester ici s'éloigne peu à peu.

Chapitre 9
Julian

Lorsque je sors de la salle de bain, il n'est pas encore sept heures. Elyna doit dormir. Je souris. Mes souvenirs de notre journée d'hier, même si nous n'étions pas seuls, ont été mémorables. Je l'ai aidée à patiner, tout en pratiquant mon sport favori : entendre « la faire jaillir de ses gonds de temps à autre ». Enfin, d'une manière modérée. Elle réagit toujours au quart de tour. J'adore. Ce que j'aime moins, c'est l'attitude de Julian à mon égard. J'ai bien vu qu'il n'arrêtait pas de me mater quand j'étais avec sa sœur, comme si j'allais lui faire du mal, alors que nous sommes des adultes. Et je ne vais pas non plus lui sauter dessus si elle ne le désire pas !

Au moment où Julian m'a prévenu une troisième fois que sa sœur était « pas touche », mon agacement était tel que j'avais envie de lui asséner ses quatre vérités, mais pour Elyna, je me suis contenu.

Je lui parlerai d'homme à homme plus tard.

Notre journée en ville, le jour précédent, était spéciale, nous a rapprochés, Elyna et moi. Mais hier, quand je lui ai proposé ma main pour l'aider à patiner, elle a hésité à l'accepter, alors que je la lui ai tenue dans la cabine de la grande roue. Et sans aucune protection.

— Bonjour, Noël, déjà fringué, frais et dispo ? m'interroge Julian au moment où j'entre dans l'espace cuisine.
— Ouais.
— T'as bien dormi ?
— Très bien, merci, Julian, bougonné-je.

Il prend tranquillement son petit déjeuner perché sur le tabouret de l'îlot qui prolonge le plan de travail en U. Ses yeux verts me narguent, pendant que sa main époussette une miette sur son T-shirt blanc.

— On dirait que non ! Elle n'était pas assez *bonne*, Alicia ?

Il fait allusion à la fille avec laquelle il m'a maqué à la patinoire, sous les yeux d'Elyna. Le contact numéro 3 ou 5 de son téléphone, je ne sais plus. Et je n'en ai rien à foutre.

— Je n'ai pas passé la nuit avec elle, en revanche, je petit-déjeune tout à l'heure en sa compagnie à la brasserie, lui dis-je sans grand enthousiasme.

J'ai validé son rencard, pour suivre son putain de pari. En vrai, j'en ai ma claque de ce *deal* à la con.

Pourquoi je continue, déjà ? *J'en sais fichtre rien.*

— Ah, c'est pour ça ! Tu ne l'as pas baisée ! s'esclaffe-t-il en passant une main sur ses cheveux bruns ébouriffés.

Je me sers un café, puis l'avale d'un trait sans prendre la peine de m'asseoir près de lui.

Putain, il est si chaud que je viens certainement de me brûler la langue, la gorge et l'œsophage avec.

Il a peut-être raison. Alicia n'attend que ça, apparemment. Ça me sortira peut-être Elyna de la tête. Je suis fatigué de cette situation. Ça va nous mener à quoi, hein ?

À rien de bon.

Je veux baiser sa sœur ? Et ensuite ?

Je la largue quand elle partira et je coupe les liens avec Julian et Charlie par la même occasion, puisque Julian ne me le pardonnera jamais. Et il n'aura pas tort.

— Tu as raison, j'ai besoin d'un cul, lui réponds-je sans grande conviction.

Je frotte ma barbe, me dirige vers l'évier et rince ma tasse. Puis je saisis mon téléphone dans la poche arrière de mon jeans pour regarder l'heure.

— Quelque chose ne tourne pas rond chez toi, en ce moment, constate-t-il.

Je soupire et lève les yeux sur le paysage à travers les carreaux de la fenêtre juste au-dessus de la vasque. Je remonte les manches de mon T-shirt.

— La neige tombe à gros flocons.
— C'est ça, ton problème ?

Je pivote sur moi-même et m'adosse au plan de travail. Mon regard se pose un instant sur les meubles en bois et la peinture blanche des murs, posant mon souci dans ma cervelle avant de lui répondre.

— Mon problème, tu le connais. J'aime *bien* ta sœur.

Il étrécit les pupilles comme s'il ne captait rien. Il fait bien l'idiot, en tout cas. Je sais que je ne devrais pas l'énerver aujourd'hui. Le jour de son enterrement de vie de garçon. Mais j'ai envie de lui balancer tout ce que j'ai sur le cœur.

— Non, en réalité, mon problème, c'est toi.

Sa bouche s'ouvre en grand.

— Je croyais que tu validais ma liaison avec Charlie. Je n'étais pas avec elle quand ton frère était encore là, je l'ai rencontrée après, à la cérémonie funèbre. C'est vrai, j'admets avoir flashé sur elle tout de suite et je me disais que c'était mal sur le coup parce que c'était sa veuve, mais à aucun moment je…

Je dresse ma paume vers lui pour le faire taire.

Il le fait exprès ou quoi ? Je sais tout ça et Charlie et lui méritent d'avoir le bonheur. Le passé est le passé. Rien ne pourra y changer. Ce n'est pas le sujet du jour !

— Ta sœur me plaît beaucoup et tu m'empêches de… de…

Julian se lève et met les mains dans les poches de son jeans. Il porte une telle autorité, quand on parle d'Elyna, que j'ai l'impression que je deviens minuscule, alors que je le dépasse de dix centimètres avec mon mètre quatre-vingt-cinq. La preuve en est que je n'ai pas réussi à finir ma phrase.

— Ce n'est pas ça, Noël, et tu le sais. Tu restes ici, elle repartira là-bas. Votre relation est vouée à l'échec avant même qu'elle ne commence. Je veux juste t'éviter de faire une connerie et de rendre ma sœur malheureuse.

Sa prose me fait bondir.

Putain, mais de quel droit il me balance ça à la gueule ?

— De quel droit te permets-tu de réfléchir à sa place ? Peut-être qu'elle souhaite *un trip de baise,* elle aussi ! Et moi au moins, tu me connais.

Un sourire furtif apparaît sur sa bouche pour disparaître aussitôt. Il s'approche de moi et pose une main sur mon épaule. Je ne la dégage pas.

— Et toi, tu es certain que tu ne désires *qu'un trip de baise* avec elle ?

Mon souffle se coupe. Cette révélation me fait l'effet d'un coup de poing. Si je savais ! Je pensais que je savais déjà.

Un plan cul seulement ?

Je veux Elyna. C'est tout ce que je sais.

En entier.

— Je te l'ai déjà dit, c'est une dure à cuire. Elle a souffert et je rejetterai tous les nouveaux connards de sa vie, poursuit-il.

Autrement dit, je suis un connard. Super !

Il reprend et je ne l'interromps pas. Autant crever l'abcès tout de suite, il a raison. Je vais l'écouter jusqu'au bout et je lui soufflerai ce que je pense de son attitude *après*. Et si je me fâche avec lui avant son mariage, tant pis.

— Elle a besoin d'un mec solide, qui lui donne du fil à retordre, qui la marque. Qui prend soin d'elle, qui lui fasse l'amour comme elle le mérite. Tu pourrais être ce type, Noël, parce que j'ai confiance en toi. Seulement, si elle t'autorise à entrer dans son lit, ce n'est pas certain qu'elle te veuille dans sa vie. Et ce, même si tu repars avec elle à Paris.

Ses yeux se rivent aux miens et j'y décèle la sincérité de ses propos. Il soupire, pendant que ma respiration se bloque de plus belle.

— Elle est sur ta liste « pas touche » parce qu'elle n'a pas enterré son passé, Noël. Et celui qui risquerait de souffrir le plus dans l'histoire, c'est toi, mon pote. Et je refuse de te voir dépérir toi aussi. J'aime Elyna et je t'apprécie beaucoup.

Ce qu'il m'avoue me touche. *A priori*, il n'a pas terminé et je me demande ce qu'il a encore à me dire. Je l'écoute d'une oreille attentive, mon esprit fourmillant de pensées qui se mélangent. J'imaginais qu'il protégeait uniquement sa sœur et voilà que je comprends qu'il souhaite également me préserver. C'est si inattendu que ça me choque presque. Il continue et mon cœur n'en peut plus de battre si vite.

— Si tu décides de rentrer à Paris, de refuser ta vie ici. Si tu veux vraiment séduire Elyna, reste égal à toi-même. Ne lui fais pas de cadeau, jusqu'à ce qu'elle cède. Elle peut se montrer très brutale aussi, c'est un trait de caractère qu'elle a attrapé depuis sa rupture avec l'autre connard. Mais fais attention à ne pas te brûler les ailes.

Je déglutis et mes poumons rejettent l'air retenu pendant tout ce temps. Il me sourit et me tapote doucement l'épaule.

— Il ne me reste plus qu'à te souhaiter bonne chance, mon pote, termine-t-il.

— Et ce pari idiot, c'était pour l'éloigner de moi ? lui demandé-je.

Il fait une moue.

— Pas vraiment. J'ai deviné que Charlie a manigancé l'histoire des billets, je ne suis pas stupide. D'ailleurs, ma future épouse me l'a avoué après votre arrivée… Et si le pari rend Elyna jalouse, tu auras l'espoir de la conquérir.

— Vous êtes de vrais manipulateurs, tu sais ça ?

Il m'assène un clin d'œil.

— Qui se ressemble s'assemble, n'est-ce pas ?

Je ris et il me retient lorsque je m'apprête à quitter la pièce.

— Tu vas où ?

Je hausse une épaule.

— Retrouver Alicia et la dégager. Puis je tenterai ma chance avec ta sœur, puisque tu n'essayeras pas de m'assassiner ! plaisanté-je.

Il agite son index devant moi.

— Ne t'en débarrasse pas tout de suite. Je vais envoyer Elyna à tes trousses d'ici une petite demi-heure.

Nos yeux se plantent les uns dans les autres.

— Merci, Julian, pour moi, tu es comme un frère.

Cette révélation vole l'oxygène de mes poumons. Sans préméditation, il m'enlace et me serre très fort contre lui. Un bien-être dévale mon corps en entier. Il tapote mon dos, puis me libère.

— Tu crois que si je me rase la barbe, je lui plairai plus ? lui demandé-je.

Il se frotte le nez.

— C'est con, j'avais fait pousser la mienne pour te ressembler !
— Tu me prends par les sentiments, tu triches !
— Tu fais comme tu veux. À mon avis, avec ou sans, Elyna t'aime *bien* déjà.

Il éclate de rire sans raison avant de terminer.

— Et surtout, sois à l'heure, n'oublie pas que nous avons mon enterrement de vie de garçon ! On va jouer à la guerre, mon pote !

Je lève les yeux au ciel. J'en suis excité d'avance !

C'est ironique, bien sûr.

Bon, l'important sera de passer un bon moment ensemble.

Dès l'instant où je franchis la porte, je respire un bol d'air frais et je me sens léger d'un seul coup.

Un pari avec moi-même :
Si j'y arrive, je me réinstalle à Paris.
Si je perds, je reste ici.

Putain, j'espère que je gagne.

Chapitre 10
Alicia

Après être passé chez le barbier, je retrouve mon rencard dans la brasserie. Je m'assieds à sa table, puis demande un café, à la surprise du serveur, qui insiste pour que je commande au moins un *bagel*. C'est vrai que d'habitude, je m'enfile un petit déjeuner complet. Mais pas aujourd'hui. Je veux juste larguer une meuf pour en attraper une autre !

— Tu désires un *bagel* ? proposé-je tout de même à Alicia.

Après tout, mon invitation était pour le repas le plus important de la journée.

Et moi, je n'ai pas faim.

Pas encore.

— Si toi, tu en prends un, me répond-elle.

Je valide deux petits pains en forme d'anneaux, et des gaufres par la même occasion.

Je n'ai pas commencé la discussion que je m'emmerde déjà. Je préfère une autre blonde. Alicia a les yeux bleus, ce n'est pas sa faute, mais j'ai jeté mon dévolu sur des yeux verts. Mon rendez-vous est maquillé comme un camion volé et je ne me suis pas intéressé à ce qu'elle porte.

Car j'en vois une autre dans mes songes, revêtue d'une serviette de bain, d'un chemisier et jeans moulant, ou encore enveloppée dans un manteau. Toutes ses tenues me font de l'effet.

Je regarde la montre pour la troisième fois et seules deux minutes se sont écoulées. Mes yeux épient la porte d'entrée à chaque fois que j'entends le tintement de la cloche. Le barman en face de notre table semble nous épier tout en essuyant ses verres. Il n'y a presque personne aujourd'hui, seules trois tables sont occupées sur la quinzaine de la pièce. J'aime bien l'ambiance, la chaleur du bois qui nous entoure de la tête au pied. Les décos de Noël avec de la bruyère, des guirlandes et des pantins de bois font leur effet.

Après cet interlude, je me reconcentre sur mon rencard. Enfin, j'essaie.

— Alors, tu aimes quoi, à part les *bagels* ? lui demandé-je.
— Tout ce que tu aimes, en fait.

Je hoche la tête.

— Les grenouilles et les escargots au beurre ?

Elle fait une moue de dégoût qu'elle masque. Et pendant un instant, ça me fait rire.

— J'adore !!!

Elle dessine un arc-en-ciel avec ses mains, en prenant un air subjugué.

Sérieux ?

Je me retiens de lever les yeux au plafond. Cette fille aime tout ce que j'aime pour me plaire.

— Quelle est ta position préférée du *Kamasutra* ?

Elle écarquille les prunelles et j'affiche un rictus.

Autant patienter en se marrant.

— Et toi ?
— L'oiseau et l'écureuil.
— Moi aussi.

J'éclate de rire et elle s'affole un instant. Heureusement pour elle, notre commande arrive.

Je déteste la manière qu'elle a de boire et de manger. Son caractère trop lisse m'insupporte.

Pourtant, physiquement, elle ressemble à un top model. Même si son décolleté est vulgaire.

Ses seins ne me font pas bander et Dieu sait que je les vois !

La porte d'entrée s'ouvre et du coin de l'œil, j'identifie immédiatement celle que j'attendais qui passe le seuil. D'un coup d'œil circulaire, elle balaye la pièce.

Elle me cherche.

Merci, Julian.

J'avance mon buste vers Alicia au-dessus de la table. Je m'esclaffe alors qu'elle n'a rien dit et celle-ci me suit. Toujours du coin de l'œil, je remarque que la nouvelle venue m'a repéré au vol. Elyna fixe soudainement la fenêtre avec un grand intérêt et elle remercie le serveur quand il pose son café sur sa table. Sans attendre, elle le boit d'un trait. Je déglutis, prends une profonde inspiration et me lève.

— Je dois faire une pause technique, tu peux manger ma part, je n'ai plus faim.

— OK, merci ! me dit mon rencard en dévorant son dû.

D'un pas assuré, je marche en *sa* direction, pour m'arrêter là où *elle* se trouve.

— Ça va, mademoiselle ?

Elle lève son nez vers moi et fait semblant d'être étonnée de me voir.

Tu mens très mal, Elyna.

— Noël ? Que fais-tu ici ?

— Je prends mon petit déjeuner avec Alicia.

— Alicia ?

— Oui, c'est comme ça qu'elle s'appelle.

— Bien.

— Bien !

Elle s'agace, se lève, puis me percute alors que j'avance pour emprunter le même chemin qu'elle.

— Désolée, je n'avais pas vu que tu étais devant moi, me dit-elle.

Joueur jusqu'au bout, je lève mes prunelles au ciel, puis soupire comme si elle m'irritait. Elle feint l'indifférence et marche devant moi. Pour aller où ? Je n'en sais rien, mais je la suis. Elle stoppe brusquement ses pas et me fait face.

— Tu me suis ?

Son ton est énervé. J'adore.

— Je vais aux toilettes.

J'ai de la chance, c'est bien la direction.

— Moi aussi.

— Bon, eh bien, allons-y !

— J'y vais seule, si tu veux bien.

Je souffle, porte ma main à mon front tout en fermant mes paupières. Je prends une inspiration profonde comme si je cherchais à me calmer. Le temps de trouver la réplique adéquate, en réalité…

Lorsque j'ouvre les yeux, les siens s'écarquillent.

— Si je viens de passer devant ta table, c'est parce que j'ai une envie pressante et que ta table se trouve sur le chemin des w.c. Pas parce que je t'ai vue entrer. Je ne compte pas partager mes toilettes avec qui que ce soit et encore moins avec toi.

Minable, mais je ne sais pas quoi faire.

J'ai assuré quand même ou pas ?

— Bien, me répond-elle.

A priori… oui.

— Bien !

Elle change de destination et je la suis.

Je suis collant ? *Yes !*

Au comptoir, elle paye son dû. Le barman l'interpelle.

— Vous allez bien ensemble, lui dit-il.

— Comment ?

— Avec le type que vous avez bousculé en vous levant.

— Certainement pas, il est odieux et… sexy.

Sexy, hein ? Mais encore ?

— Vous ne le savez pas encore, mais vous allez finir ensemble, le hasard et le destin ! insiste-t-il.

— N'importe quoi ! Il est bien pour une femme désespérée et moi, je ne le suis pas.

Je tousse pour lui indiquer que je suis toujours derrière elle. Le barman lève les sourcils et d'un geste de la tête, il me désigne. Elle me fait face, comme au ralenti.

Je stoppe là pour aujourd'hui.

Je les salue d'un bref hochement de tête. Mes yeux s'enfoncent dans ceux de ma belle. Ils pétillent comme des flammes immenses, de celles qui me touchent et me brûlent intensément.

Non, je ne m'arrête pas encore là, finalement.

Je m'arrime au plus près d'elle, jusqu'à sentir son haleine sur ma bouche. Parce que j'en ai besoin. Je lève ma paume, puis l'avance à proximité de son visage. Son souffle se coupe, chaque cellule de mon corps meurt de désir pour elle.

Vas-y doucement, Noël.

Après avoir hésité, je me ravise, laissant ma main retrouver sa place dans la poche de mon pantalon.

— Tu as rasé ta barbe ? me demande-t-elle.

Mon cœur fait un bond, au même niveau de hauteur que la grande roue.

Elle l'a remarqué.

Reste égal à toi-même, Noël. Ne lui fais pas de cadeau.

La phrase de Julian me revient en mémoire.

Je sens que je vais exceller dans la répartie insolente…

— Ce n'est pas pour toi que je l'ai fait, je ne suis pas pitoyable à ce point. Ce soir, je coucherai avec cette fille là-bas. Elle est Québécoise comme moi et elle me plaît.

Sans rien de plus, je la quitte pour rejoindre l'autre fille dont le nom m'échappe, maintenant.

Au moment où je m'assieds en face de mon rencart, Elyna pousse la porte avec hargne pour sortir dans la rue.

Mon sourire s'élargit.

Elle est jalouse, j'adore !

— Tu veux qu'on essaie la position de l'écureuil ? me dit la blondinette.

Je secoue la tête.

— Écoute, ce n'est pas toi, mais ma queue ne bouge plus depuis longtemps. Elle est paralysée, tu comprends ?

Elle met une main sur la bouche comme si elle avait fait une gaffe.

— Oh, je suis navrée ! Et si je te taillais une pipe, je la réanimerais ?

Mes yeux s'écarquillent.

Déjà ?

— Je blague. En fait, je n'ai plus envie d'un plan cul avec toi, désolé.

Elle fait une moue, puis continue à manger, comme si ça ne la touchait pas.

En plus, elle n'a ni répartie ni humour.

Et n'en a rien à foutre de moi.

Remarque, moi non plus, j'en ai rien à ficher d'elle.

Je paye et me tire moi aussi.

Il est temps que je rentre voir ma belle.

Enfin, dans trente minutes, histoire de la faire mariner encore un peu.

Et juste à temps pour ne pas me faire sermonner *par les futurs mariés*, car je risque d'être en retard à leur fête d'adieu au célibat.

Chapitre 11
À cran

Dès que j'arrive dans la pièce principale, j'aperçois Elyna perchée sur la troisième marche d'une échelle, occupée à accrocher une étoile au sommet du sapin gigantesque qui trône au milieu du salon. Elle peste en marmonnant des mots destinés à Charlie, que je comprends par saccades.

Je souris intérieurement en m'approchant d'elle. Julian me fait les gros yeux tandis que le regard de Charlie – qui vient de me repérer – pétille avec malice. Mon sixième sens m'alerte et il a eu raison. L'échelle chavire et je rattrape Elyna de justesse. Je la gronde.

— Mais tu es vraiment inconsciente !

Elle se débat et se dégage de mon emprise rapidement. J'entends presque son cœur battre à tout rompre, aux côtés du mien qui fait pareil. Elle se remet sur ses pieds tant bien que mal. Le menton redressé, la tête haute et les bras croisés, le coup part de sa bouche, comme une balle jaillit d'un fusil.

— Tu me tapes sur les nerfs, Noël !

— Un merci m'aurait suffi, lui réponds-je calmement, une chaleur bienfaisante parcourant mon corps.

Elle est agacée contre moi. En raison de ce qui s'est passé tout à l'heure dans la brasserie, avec la blonde. Et de ce qu'elle pense que j'ai fait. Ça me plaît.

— Un merci ? Non, mais je rêve !

Je croise mes bras sous ma poitrine.

Du coin de l'œil, je vois Julian qui dresse son pouce dans ma direction.

C'est vrai que nous avons des spectateurs.

— D'accord. Alors, TOI, tu m'emmerdes depuis la première fois où je t'ai vue dans cet avion ! lui dis-je.

Sa bouche devient si grande qu'elle occupe une bonne partie de son visage.

— Épargne-moi tes remarques !

Hargneuse, hein ? J'adore !

— Ce n'était pas une remarque, mais un fait : tu es une emmerdeuse ! lui craché-je à mon tour en empruntant son ton.

Ses mains se posent sur ses hanches, je les suis du regard.

Et putain, je bande !

— Et toi un grossier personnage qui m'a fait une proposition indécente dans l'avion !

Je lève les yeux au ciel. Elle va me le reprocher combien de temps encore ?

— C'était une blague ! Mais j'aurais dû me rendre compte que tu n'as pas du tout le sens de l'humour !

Je plaisantais, c'est vrai. Mais mon sens de l'humour ? Je suis hors norme dans ce jeu. Beaucoup trop.

Un silence s'insinue entre nous et nous nous dévisageons, comme si nous éprouvions le ridicule de notre conversation, au moment même où elle prend conscience que nous avons deux spectateurs un sourire en coin.

— Et celui qui couche avec la première blondasse venue ! C'est une blague, aussi ? Celle-là, elle m'a fait beaucoup rire, HA ! HA ! HA !!!

Putain, elle est jalouse ! Je suis content !

Une lueur amusée provoque un frémissement de mes lèvres, qui s'étirent aux commissures. Je décroise les bras, et exécute deux pas vers elle. La tension entre nos deux corps monte d'un cran. Sauf que nous ne parlons plus d'énervement, mais de quelque chose d'autre de plus excitant.

Tension sexuelle... putain !

J'en profite.

— Quand je veux quelque chose, je l'obtiens. Tout à l'heure, je voulais qu'elle m'embrasse et elle l'a fait, mens-je.

Je ne sais pas si je suis convaincant, car ma voix est devenue rauque sans mon commandement.

J'ai envie de t'embrasser, Elyna, jusqu'à te voler tout ton air. Putain, si je le pouvais, je le ferais tout de suite !

Elle prend une inspiration rapide, et cale une mèche rebelle derrière son oreille d'un geste nerveux.

— Pfff, très touchant !

Je m'approche d'elle à moins de dix centimètres. Mes narines se délectent de son souffle chaud qui porte l'odeur du chocolat et de la cannelle. J'ai envie d'enlacer ma langue avec la sienne et de déguster l'intérieur de sa bouche jusqu'à en devenir fou.

— Maintenant, je veux que tu arrêtes de tomber là où je me trouve, je veux que tu arrêtes de me suivre et de m'espionner, je veux que tu arrêtes de me dévisager avec ces yeux-là…

Non, en fait, je veux tout ça…

Ma voix est plus rauque si c'est encore possible.

Je la pointe de l'index, et recule d'un pas. Son visage se colore en rouge. Elle est troublée.

Tu es adorable et sublime.

Et je veux que tu arrêtes de faire comme si nous n'avions pas eu de rapprochement lors de notre sortie en ville.

— Ah, mais non ! Je ne t'espionne pas et je…

Charlie et Julian nous coupent dans notre élan, craignant sans doute que notre conversation dégénère.

— Oh là, on se calme ! intervient Charlie. Je ne sais pas ce qu'il vous prend, mais il faut être raisonnable, juste le temps de cette soirée, du mariage et du déjeuner du 25 décembre. Tu me le promets, Noël ? Même si je sais que tu la détestes, ce n'est pas une raison pour renchérir, OK ?

J'opine du chef, mes iris toujours rivés à ceux d'Elyna, des yeux qui m'appellent… vers elle.

Pourquoi j'ai tant envie de l'embrasser, là ?!

Je lui tourne le dos pour être face à Julian. Il la gronde. On dirait qu'Elyna et moi sommes deux ados qui piquent une crise !

— Et toi, Elyna, sois raisonnable ! Je sais que tu ne le supportes pas, je ne sais pas pourquoi, mais c'est comme ça, donc fais un petit effort, OK ? De toute façon, Noël nous quitte le 25 au soir, vous ne vous verrez plus, OK ?

Elle semble déçue tandis qu'un spasme me pince l'estomac à la fin de sa phrase.

Je veux la revoir. Je ne veux plus partir. Enfin si, avec elle.

Mais pour ça, je dois gagner le deal avec moi-même et mon temps est compté.

— Tu repars déjà le 25 ? me demande-t-elle.

Je me tourne vers elle et nos regards se croisent longuement, longtemps. Ensuite, je passe une main sur mon visage.

Je lui réponds ? Je ne lui réponds pas ?

Ça dépend de toi, Elyna. Si tu veux de moi, je resterai.

Je vais esquiver sa question, c'est plus sage. Je fixe Julian pour lui raconter mes demi-mensonges avec l'autre blonde.

— J'ai embrassé Alicia sur… les joues et j'en ai terminé avec elle. Elle est trop…

Après avoir jeté un coup d'œil furtif à Elyna, je reprends :

— Elle est trop… soumise, elle dit oui à tout ce que je propose, oui à tout ce que je dis… aucun caractère.

Elyna respire à fond comme si elle était soulagée et ça me procure un bien fou qu'elle est loin d'imaginer.

Si elle réagit ainsi, c'est qu'elle tient à moi. Je lui plais.

Je la détaille, mes pupilles collent aux siennes sans vouloir s'en détacher et mes lèvres esquissent un sourire.

Maintenant, le coup de grâce.

Je reporte mon attention vers Julian. Il me fixe d'un air curieux.

— Je continue avec ton contact numéro 10, ce soir !

Il ouvre la bouche d'étonnement, mais se reprend très vite en me faisant un clin d'œil.
Il a compris.
Ensuite ?

Je m'en vais comme je suis venu, fier de ma prestation.

En croisant les doigts pour que ma manœuvre fonctionne…

Chapitre 12
Enterrement de vie de garçon

Cet après-midi, les filles avec les filles et les garçons avec les garçons !
Quelle merde !

Charlie a choisi un enterrement atypique, genre magasinage. Ici, à Montréal, cela signifie sortir sa carte de crédit et découvrir toutes les boutiques !

Julian a opté pour la guerre. Enfin, un jeu de *DodgeBow*, aux *DodgeBow Archery Games*. Le concept est très simple : on tire sur les types avec des flèches spéciales sans aucun équipement mis à part un casque qui protège la tête et les yeux. Au top départ, on file ramasser nos armes, et puis on vise tout en contournant de grosses balles dans la salle.

J'aime passer du temps avec des hommes, Julian et m'amuser, mais franchement, je préférerais être avec les filles.

Parce que Julian n'arrête pas de m'emmerder avec les autres gars qu'il pourrait présenter à Elyna, alors qu'il me l'a promise !
Enfin, non, Elyna n'est pas ma propriété et son frère ne dirige pas sa vie sentimentale, mais entendre les mecs lui demander à quelle heure on les rejoindra pour faire connaissance avec sa sœur, ça me met hors de moi.

Dire que je suis efficace au tir est loin du compte, je dégaine sur tout ce qui bouge et surtout sur les deux connards qui aimeraient bien parler à Elyna.
Juste discuter avec elle, c'est dingue !

À la pause, Julian contacte Elyna. Je souris quand je lis son inquiétude sur ses traits. Il berne tout le monde sauf moi. Il craint que sa fiancée ne se soit payé un beau strip-teaseur, il me l'a confié tout à l'heure. Une ex d'un de ses collègues à la rédaction l'a trompé avec un mec qui faisait ce métier. Charlie est folle amoureuse de Julian, aucun risque de ce côté-là.

Mais je comprends son attitude. À sa place, si Elyna…

Putain, je crois que si un jour je l'épouse, on ne fera pas d'enterrement de vie de…

Bordel, je suis débile ou quoi ? Quelle idée de penser à m'unir officiellement avec elle maintenant, alors que rien n'existe entre nous !

J'avale une nouvelle gorgée de mon café infusé et reporte mon attention sur le futur marié, qui se gratte la tête et dont le visage se crispe. Je l'écoute d'une oreille.

Indiscret, moi ? Non. S'il voulait que personne n'épie sa conversation avec sa sœur, il serait allé à peine plus loin.

Moi, je me serais rendu aux chiottes.

— Non, on est dans un jeu où on se tire dessus, ensuite, on ira boire une bière et puis on vous rejoindra pour le dîner. Enfin ! explique-t-il à sa sœur.

Je secoue la tête. Obnubilé par ce que pourrait faire sa Charlie, il ne profite même pas de sa soirée.

Parce que toi, tu la savoures, peut-être ?

J'emmerde ma pensée. D'ailleurs, mon cas n'est pas pareil. Lui, il l'a déjà, sa Charlie. Moi, je dois encore en faire, des bornes, pour avoir mon Elyna.

— Aucun mot à Charlie, hein ? lui chuchote-t-il.

Je suppose qu'il vient de vérifier ce que sa fiancée fait. Je secoue la tête en buvant le reste de mon breuvage. Il est excellent.

Mon attention est attirée une nouvelle fois par un blondinet qui n'arrête pas de se vanter de faire tomber les femmes comme des mouches. Je ne sais pas pourquoi, mais il m'insupporte, rien qu'avec sa grande gueule et ses yeux bleus de merde.

Ah bon ? Ne serait-ce pas parce qu'il parle de la sœur du fiancé ? Et qu'il souhaite l'inviter à boire un verre après la soirée où vous allez vous retrouver entre filles et garçons ?

Une forte inspiration plus tard, je reprends le fil de la conversation entre Julian et Elyna lorsqu'une réplique me fait frissonner.

— D'accord. Noël tue tous les mecs qu'il croise, surtout lorsque je lui dis que je t'ai donné un contact téléphone « mec »… À plus tard, Elyna.

Mon souffle se fait court et j'entends battre mon cœur. Elle s'intéresse à moi ! Sa question la trahit. Sinon pourquoi Julian lui aurait-il dit ce mensonge ?

Putain, j'espère que c'en est un !

À l'heure dite, nous rejoignons les filles dans le restaurant « *The Lincoln Apartment Bakery* » qui offre des cours de cuisine. Plus précisément, nous arrivons avant elles, épuisés par notre activité masculine. Heureusement que nous sommes passés à la maison pour prendre une douche et enfiler une autre tenue. Moi, j'en ai choisi une pour *elle*…

Ouais, d'accord, j'en avais ras le bol et regorge d'énergie pour étriper les types qui oseront faire du charme à celle que je veux !

Nous prenons place dans des banquettes en bois qui font le tour de la salle. Des boissons nous sont servies. Je balaie l'espace des yeux. Six tables ont été disposées au milieu, avec l'équipement pour pouvoir cuisiner : un évier, un plan de travail, une plaque de cuisson. C'est marrant, ça ressemble à un plateau de télé où se déroulerait une compétition de cuisine. Julian raconte des blagues et je ris avec les autres, avec une impatience : celle de revoir la fille que j'attends.

Lorsque les femmes débarquent au bout de quelques minutes, et défilent devant nous comme des top models, nous les sifflons.

Elles sont en beauté, ce soir. Enfin, surtout une, que je remarque tout de suite. Robe rouge, chignon relevé qui révèle son cou gracieux, maquillage parfait.

Putain, elle est magnifique !

Lorsqu'un mec la reluque et me fait une observation sur ses seins généreux, je lui lance un coup d'œil meurtrier. Il s'en tape, mais je continue à le fixer d'un air mauvais.

Elle est à moi.

Julian embrasse sa sœur, puis la présente aux garçons. Chacun lui fait la bise, comme le souhaite Julian, pendant que j'attends mon tour avec impatience.

C'est à moi.

Je me lève et m'avance vers elle. Ma tenue de soirée lui fait de l'effet, je le vois. J'ai voulu marquer le coup, avec un costume noir et une chemise blanche moulant parfaitement mon torse.

J'ai envie qu'elle me mate, qu'elle bave, qu'elle me dévore des pupilles.

Le temps semble s'arrêter. Elle recule, et mon palpitant s'affole pendant un instant, avant de se détendre au moment où elle frissonne lorsque nos yeux se rencontrent. Sa bouche s'entrouvre et son sourire illumine mon être. D'un air séducteur, je balaye son corps, lentement, comme si je voulais le cartographier. Il est parfaitement moulé par son vêtement fluide.

Je me penche vers elle, et quand mes lèvres viennent se poser sur sa joue droite, effleurent son oreille pour lui confirmer que je lui offrirai deux baisers *comme les Français*, je frémis. Lorsque mon bras droit se plaque ensuite sur son épaule gauche et ma main dans le creux de ses reins, je deviens fou.

Un contact avec sa peau, un seul, et mon être bouillonne, prêt à exploser.

Un muscle bien particulier occupe déjà tout l'espace entre mes deux jambes. Audacieux, je la frôle volontairement en m'approchant au plus près de son bassin.

L'embrassade ne dure qu'un instant et pourtant, elle me laisse un goût enivrant avec un besoin d'en connaître plus.

Putain, son épiderme me rend fou ! Elle est douce, elle sent bon la vanille. Elle est... électrique. J'ai envie de me brancher à elle. Tout. De. Suite.

— C'est très bien, ça ! me félicite Charlie alors que c'était tout sauf un exploit.

Je continue à sourire à Elyna pendant que celle-ci semble trembler de désir pour moi, jusqu'à ce qu'une fille de son groupe s'accroche à mon cou et m'arrache un baiser sur la bouche.

Putain, mais c'est quoi, ça !

— C'est son coup numéro onze, souffle la future mariée.

Non, mais bordel, je n'avais pas besoin de ce type d'embrouille ce soir, merde !

Ne me dis pas qu'en plus, je dois me farcir cette fille pendant l'atelier ?

Je n'ai pas le temps de voir la réaction d'Elyna, car elle a disparu de mon champ de vision. À sa place jaillit un mec qui en cet instant mériterait une baffe : Julian.

Oui, je sais, c'est Charlie qui vient de m'apprendre le nouveau *deal*, mais c'est lui l'initiateur. Quoi qu'il en soit, ils ne sont qu'un.

— T'inquiète, mon pote, fais-moi confiance et joue le jeu, me souffle Julian à l'oreille.

— Je te préviens que si ça foire, c'est moi qui te tue.

Il lâche un petit rire et se tire.

Pourtant, je suis sérieux, je le lui ferai payer, même si je n'use d'aucune arme.

L'animateur de l'atelier nous explique la recette que nous devons réaliser. Je n'écoute rien, mon esprit étant focalisé sur *elle*.

Pendant toute la durée de l'atelier, le sang bout dans mes veines tant le comportement du mec qui fait équipe avec ma meuf m'agace. Et avec ses conneries, je ne sais même pas ce que je suis censé faire avec les tomates, les patates, la viande et les épices qui gisent sur le plan de travail. Je tente de faire bonne figure et donne du répondant à ma collègue, qui ne rate pas une occasion de me sauter dessus. Elle est lourde, et je la rejette dès que celle que je convoite a le dos tourné. Du coin de l'œil, je surveille Elyna et lorsqu'elle se coupe un doigt, je manque d'aller la rejoindre pour la soigner, mais je me contiens. Ce n'est qu'une égratignure, elle saura se démerder.

Son partenaire prend son membre blessé et le passe à l'eau froide. Il me fait chier, mais je ronge mon frein en tournant les conneries de tomates dans la casserole sous l'œil émerveillé de l'autre greluche. Pourtant, la sauce a giclé sur sa robe blanche, mais a priori, elle s'en balance.

Je les écoute d'une oreille, déléguant finalement ce que je prépare à l'espèce de chienne en chaleur qui me sert de copilote.

Ça l'occupera.

— Il faut que je t'embrasse, peut-être que tu n'auras plus mal, lui propose-t-il.

— Non merci, ça ira, lui répond-elle d'une voix douce qui m'emmerde.

— Oui, mais peut-être que tu veux être *mon trip de baise* ?

— Non, vraiment, non merci.

Cette fois-ci, son ton est plus sec et m'émerveille.

Seigneur, retenez-moi, ou je vais prendre mon propre couteau pour le lui planter dans sa belle gueule d'enfoiré.

— Alors, un tout petit bisou…

Mais c'est qu'il insiste, ce con !

— Non… vraiment…

Elle le repousse, mais il poursuit son approche, comme s'il n'avait pas compris. Le corps de ce dernier est trop près d'elle.

Ça suffit !

En trois pas, je suis sur le mec. Il n'a pas cessé de lorgner son décolleté depuis le début de l'atelier et ça m'emmerde. Celui-là même qui a saoulé Julian pour je cite « avoir » sa sœur.

Ce blondinet sur lequel je me suis défoulé tout à l'heure lors de notre séance de tir à l'arc.

De l'acharnement, m'a dit Julian. Calme-toi, Noël, il y a d'autres gars à viser. Marre-toi. Comme si lui s'amusait !

— Elle a dit NON, putain, t'es sourd ?! crié-je.

Je l'empoigne par le col et le plaque contre le mur qui se trouve derrière le stand.

Brutal ? *Yes !*

Je me donne en spectacle ? Sans doute.

Ça m'embête ? Là, tout de suite ? Non.

— Il n'y a pas de malaise, mec ! se disculpe-t-il.

À bout de souffle, comme si j'avais couru un marathon, je finis par le lâcher.

Merde, tout le monde me regarde vraiment !

— C'est une blague ! Je ne voulais pas lui casser le nez ! me défends-je avec un sourire jaune.

C'est vrai, je voulais juste l'arrêter et sur le moment, c'est tout ce que j'ai trouvé.

Je masse ma nuque, mal à l'aise, quand l'autre conne réapparaît et enfourne sa langue dans ma bouche comme une déchaînée. L'assemblée siffle. Emporté par ma colère contre Elyna alors qu'elle n'y est pour rien si l'autre bouffon souhaitait se la faire, mes mains se déportent sur le postérieur de la fille, qui ne rate pas l'occasion pour se frotter contre ma queue.

Sa langue baveuse me dégoûte et ses fesses ne sont pas celles que je veux caresser.

Putain, mais je suis con ou quoi ?!

Je la dégage de ma circulation, presque violemment. Elle rouspète, mais je m'en fous. D'un œil circulaire, je remarque qu'Elyna court aux w.c., je la suis.

Je lui dois au moins une explication.

— Attends ! lui crié-je.

Elyna est légèrement ivre.

Son visage pivote furtivement vers moi avant de revenir à sa place, puis elle accélère ses pas. Je fais de même. Au bout du couloir, presque au niveau de la porte des toilettes des femmes, elle se retourne et se plante devant moi.

— Tu as bu, tu fais comme les autres, est la seule phrase qui me vient.

Elle lève les bras au ciel dans un mouvement maladroit.

— Quoi ? Mais je rêve ! Bien sûr que j'ai bu, je suis même un peu pompette, mais je suis en pleine possession de mes moyens, MOI ! Et qu'est-ce que ça peut te faire ?! Tu n'es pas mon père !

— Donc, tu veux coucher avec moi, c'est ça ? lui dis-je, un sourire en coin.

Je ne peux pas m'en empêcher, hein ?

Je soupire.

Ce que je peux me montrer connard... Parfois, je m'insupporte moi-même.

— Les mecs préfèrent les filles bourrées pour mieux les sauter, hein ? Parce que c'est ce que tu veux, hein ? Me sauter ! Mais malheureusement pour toi, je suis sur la liste « pas touche » de mon frère !

Je m'approche d'elle et la plaque contre le mur du couloir sans prendre garde au fait que quelqu'un peut nous apercevoir, et elle me laisse faire. Son corps se colle au mien comme une ventouse. J'ai envie qu'elle sente mon excitation sur son bassin, j'ai besoin que ma dureté se frotte contre sa peau, même si ce n'est qu'à travers un tissu.

Ma respiration est erratique, son souffle balaye mon visage, son odeur me rend fou. Elle a un *sex appeal* qui me fait devenir dingue, à enfermer. Je n'ai pas encore trouvé quoi. Son corps, sa bouche, sa répartie, elle. Un truc phénoménal.

Les yeux clos, elle attend patiemment que je me décide. L'air se charge en électricité et crépite autour de nous. J'hésite une seconde, parce que j'ai besoin de plus. J'ai envie de m'enfoncer en elle comme un timbré et de la faire jouir comme jamais aucun homme ne l'a fait avant pour elle. J'ai envie que sa peau rougisse sous mes assauts, jusqu'à la brûler, et que ses gémissements s'entendent jusqu'à Paris.

Elle gémit et mordille sa lèvre inférieure, le souffle court. Son bassin se frotte contre le mien. Je presse un peu plus mon corps contre le sien et bloque ses mains au-dessus de sa tête, un désir dévastateur s'emparant de tout mon être. Comme une soif extrême, une chaleur étouffante telle qu'on a besoin d'une douche glacée pour l'apaiser. Un feu démentiel qui mettrait des jours à s'éteindre, même avec l'aide des pompiers.

Au loin, la fête suit son cours puisque j'entends une mélodie résonner. Ils sont passés au stade *musique*. Julian et Charlie ne sont pas dans le coin, du moins, je crois. Personne d'autre n'est dans les parages. Elyna ouvre sa bouche et l'approche de la mienne. Alors, je lâche toutes mes résolutions, j'oublie ceux qui attendent notre retour et plaque enfin ma bouche sur la sienne. Ce contact nous électrocute des pieds à la tête et nous fait gémir en symbiose. Au moment où Elyna m'autorise à passer la barrière de ses lèvres, nos langues entament une danse endiablée.

Putain, elle est si savoureuse ! Son goût sucré, mélangé à l'alcool, est extatique, envoûtant.

Je désire cette femme à un point tel que je pourrais crever sans remords pour l'obtenir. Je donnerais tout ce que j'ai et ce que je n'ai pas.

Un grognement étouffé résonne dans ma gorge ou dans la sienne, je ne sais plus. Je suffoque, je n'arrive plus à reprendre ma respiration et je crois qu'elle est au même point que moi, mais je m'en fous, putain, je m'en fous !
J'ai envie de me rassasier d'elle, même si je devine en cet instant que je n'en serai jamais repu.
Elle a une façon de bouger son bassin qui me rend timbré.

Tandis que je nous laisse saisir une bouffée d'air, puis m'empare de ses lèvres encore et encore, que nos langues exécutent un balai sensuel provoquant un désir innommable, elle gémit longuement. Sa langue joue avec la mienne, à faire des tourbillons indéfinissables, interminables, jouissifs…
N'y tenant plus, oubliant que nous sommes dans un couloir qui peut être fréquenté à tout moment, mes paumes se détachent des siennes et se font baladeuses. Elles dévalent lentement ses bras nus, deviennent plus audacieuses en se portant jusqu'à ses flancs, pour atterrir sur ses fesses rebondies.
Tout ça un jour ce sera à moi. Entièrement. Tout le temps.
Mon souffle se coupe et je ne peux contenir un râle au moment où elle prend l'initiative d'enrouler ses bras autour de mon cou. Elle décale son corps du mur et l'écrase complètement sur le mien pour permettre à mes mains d'atteindre leurs cibles et de les cajoler à travers le fin tissu de son vêtement. Je ne me fais pas prier et ma paume passe en dessous de sa robe pour se faufiler dans sa culotte. Sa peau est douce lorsque je la touche, j'en savoure chaque seconde. Elle est humide et déjà prête pour moi.
Pour moi, putain…
— Caresse-moi encore… me supplie-t-elle en gémissant.

Je pousse un râle, lorsque mon premier cerveau me met en garde.

Parce que je ne peux pas accéder à sa demande. Si je le fais, je risque d'aller jusqu'au bout. Et elle mérite mieux que de se faire baiser au milieu d'un couloir où n'importe qui peut la voir.

D'accord, j'arrête.

Je délaisse sa bouche. Un filet de salive nous retient pendant une seconde avant de se briser lui aussi.

Haletant et en sueur, je me sépare d'elle en retirant ses mains, qui étaient encore sur mon cou, les plaçant d'autorité le long de son corps. Elle se tend et je me déteste déjà d'être tellement brutal. Même si, bordel, je désire terminer ce que j'ai commencé tout de suite. Genre, dans les toilettes, par exemple.

Mais nous devons nous arrêter là. Un pas après l'autre.

Ma bouche s'approche de son oreille. Elle frissonne et mon membre douloureux tressaute.

— Lorsque je te ferai l'amour, je veux que tu t'en souviennes. Mais peut-être que je ne te le ferai jamais.

J'aurais pu éviter d'asséner la dernière partie de ma réplique, mais c'est trop tard pour un retour en arrière.

Sans aucune autre forme de procès, je rajuste mon pantalon, et la quitte, avec un sourire en coin qui me coûte.

J'ai agi comme un connard, j'en suis conscient. Mais qu'aurais-je pu faire à cet instant ? Je n'allais pas la culbuter dans ce couloir ? Et c'est ce qui risquait d'arriver si je n'avais pas tout stoppé.

Lorsque je reviens à la salle des ateliers, tout le monde est assis un verre à la main sur les canapés. Julian m'en propose un et je l'accepte.

— J'espère que tu ne l'as pas baisée dans les toilettes, sinon je te flingue, me dit-il à voix basse avec des yeux qui confirment qu'il ne plaisante pas.

— Tu me prends pour qui ?

— J'ai décidé de te faire confiance, alors, ne me déçois pas.

— Je ne l'ai pas fait.

— T'as de la chance.

Je soupire en portant mon *whisky* à la bouche. Je suis assez frustré comme ça.

Elyna nous rejoint quelques minutes plus tard. Je me demande ce qu'elle a fait pendant tout ce temps.

Enfin, Noël, ça ne fait que cinq minutes que tu es arrivé toi aussi. Elle devait certainement se remettre de ses émotions !

À cette idée, je souris comme un con. Je lui ai fait beaucoup d'effet.

Sans un regard pour moi, elle s'assied à côté de son frère.

Ou alors, elle s'est donné du plaisir en solitaire, en terminant ce que tu n'as pas bouclé.

Je déglutis, pendant que l'image d'elle gémissant tout en se caressant aux toilettes agrippe ma cervelle de mâle en rut.

Bordel…

Je décide de changer de place pour venir m'installer à côté d'elle. Je vais m'excuser et lui expliquer les raisons qui m'ont fait arrêter ce que nous faisions tout à l'heure.

Et pourquoi pas, lui proposer de terminer notre affaire plus tard…

Volontairement, mes genoux touchent presque les siens. Elle me regarde en fulminant.

D'accord. Je capte. Elle est vénère.

— Ça y est, tu as mis ton pain dans son four ? me demande-t-elle contre toute attente.

Quoi ??

— Mon pain dans quoi ? Non, on a fait des boulettes de viande à… commencé-je.

Je ne comprends pas à quoi elle fait allusion. Si ce n'est au plat que nous avons préparé et que j'ai laissé en plan à l'autre conne.

— Prends-moi pour une débile ! Tu l'as culbutée, oui ou non ?!

Elle a crié, tranchant notre air d'une façon brutale. Mon cœur s'arrête de battre lorsque je capte son sous-entendu. Elle pense que je l'ai quittée pour baiser ma coéquipière ? C'est une blague ?

Si c'en est une, elle est de mauvais goût.

Le silence tombe. Plus personne ne parle. Julian me regarde comme si j'étais un zombie et Charlie fait une grimace. C'en est presque angoissant.

Je ne devrais pas, mais c'est plus fort que moi. Penser ça de moi alors que je viens de poser mes mains sur elle ? Ma bouche sur elle ?

Je crois que j'ai perdu mon *deal* avec moi-même. Je vais arrêter tout de suite les frais.

Avec elle, je n'y arriverai jamais, de toute façon.

— Bien sûr qu'on l'a fait, dans les toilettes, juste avant, lui dis-je d'un ton inexpressif.

Silence de mort, du genre « pire qu'avant ». Des yeux écarquillés nous regardent. Lorsque je comprends vraiment ce que je viens de lâcher, je me décompose intérieurement.

— Tu es un connard de la pire espèce qui existe dans le monde ! Tu caresses ma peau tout à l'heure et ensuite, tu mets ta queue chez elle ! J'aurais préféré que tu n'existes plus !

Connard d'accord, je le mérite. Mais me cracher qu'elle souhaiterait ma mort, c'est trop pour moi. Tous me dévisagent comme si j'étais un monstre. Julian la scrute d'un air horrifié et je ne regarde personne d'autre.

J'ai bien fait d'arrêter tout à l'heure.

Elle et moi, c'était perdu d'avance.

— Je ne savais pas que tu me voyais comme ça, que tu souhaitais que je meure. Sache qu'à partir de maintenant, pour moi, tu n'existes plus.

Je me lève, et je m'en vais, après m'être excusé auprès de Charlie et de Julian. Ce dernier secoue la tête d'un air de désolation, alors que je pensais qu'il allait me demander pourquoi je me suis permis de la caresser. Alors que j'ai eu le consentement de sa sœur, qui en avait autant envie que moi.
— Il est chirurgien, sauve des vies tous les jours et il n'a pas couché avec elle, lui apprend-il en désignant la blonde d'un geste de la tête.
— Non, confirme-t-elle, c'était juste une blague !
Ensuite, elle s'esclaffe : *a priori,* pour elle, c'est très drôle.

Elyna se lève, moi, je ne saisis pas ce que je fous encore là, debout comme un con, de dos, car j'allais partir. Elle m'interpelle et je pivote vers elle.
Une dernière fois.

— Noël ! Ce n'est pas ce que je pensais… je n'ai jamais dit que je voulais que tu meures ! Je veux savoir pourquoi tu joues comme ça avec moi sans cesse… pourquoi tu sors avec plusieurs femmes.

Sa voix est douce et à peine audible, mais assez pour moi. Je frotte mon menton, puis soupire d'une manière lasse et sincère.
Je suis fatigué. De son agacement, mais surtout de mon insolence borderline.
Je n'aurais jamais dû la provoquer comme ça. Pourquoi j'ai écouté les conseils de son frère sur l'histoire de me faire remarquer d'une manière défiant toute concurrence ?!

— Parce que je veux profiter de la vie, car la vie peut basculer en une seule seconde ; parce que je cherche la femme qu'il me faut pour passer ma vie avec elle et que je ne l'ai pas encore trouvée.
— Ah…
— Et aussi parce que je tentais de rendre jalouse la femme qui me plaît… aujourd'hui.

Mon cœur cesse de battre, ses yeux s'illuminent, elle a compris que c'est d'elle que je parlais.

— Mais maintenant, elle n'existe plus.

Ensuite, je m'en vais.
Définitivement.

Je me fous de sa réaction. Je me fous d'elle.

Voilà, mon *deal* à moi-même est perdu.

Fait chier.

Chapitre 13
Après quoi ?

— Noël, tu es où ?

Pourquoi Charlie m'appelle ? Personne ne peut me laisser tranquille ?

C'est vrai que ça fait des heures que je suis parti, que le jour s'est évanoui et qu'ils doivent déjà être à la maison. Et par définition, qu'ils ont constaté que je n'étais pas rentré.

J'ai marché sans but précis et je me suis arrêtée *là*. Mais avant, j'ai fait un saut chez Charlie pour enfiler un pull par-dessus ma chemise, puis remplacer ma veste par une parka. Je suis blessé, mais pas fou au point de mourir congelé à un endroit où personne ne risque de me retrouver avant demain matin.

J'ai pris le temps de poser mes pensées, de réfléchir et j'en suis arrivé à une seule conclusion.

C'est moi qui ai tout fait foirer, avec mes conneries. Comment aurait-elle pu réagir autrement ? J'ai été trop salaud avec mes répliques et j'en ai payé les conséquences.

Et il m'a fallu tout ce temps pour le comprendre.

L'air frais, la balade et le froid qui me transperce encore l'âme.

— Dans l'endroit où je dois être, au fond d'un trou au cimetière.

Ouais, je ne peux toujours pas me débarrasser de mon humour à deux balles.

Je l'entends souffler.

— Écoute, Noël. Elle regrette, OK ?

Je regarde le ciel et observe l'étoile Polaire.

Elyna est trop gentille, c'est moi qui devrais m'excuser auprès d'elle.

— Tu crois que Noa se trouve dans les étoiles ? lui demandé-je contre toute attente.

Elle soupire.

— Il est partout, Noël. Partout et nulle part à la fois. Heureux là où il est, je le sens. Mais toi, tu es là. Tu existes. Tu es malheureux. Je le sais.

J'inspire profondément une bouffée d'air frais.

— Je regrette, Charlie, mais je paye ma connerie. Elle ne veut plus de moi et elle a raison. J'ai ma vie à Montréal, de toute façon, et...

— De toute façon quoi ?

Elle soupire une nouvelle fois avant de poursuivre :

— Écoute, m'emmerde pas avec tes élucubrations, d'accord ? Tu ramènes tes fesses ici et tu te magnes !

— J'accepte ta proposition parce que je me gèle les couilles. Uniquement.

Elle inspire et expire d'une manière agacée.

— Tu n'as pas su gérer, OK, mais elle n'est pas facile non plus. Seulement, si tu ne te bats pas pour elle, un autre le fera.

Mon souffle se coupe une fois de plus, à ce rythme-là, je n'aurai plus besoin d'entraînement pour rester en apnée.

Je refuse qu'elle soit avec un autre que moi. Je ne veux pas qu'un autre la touche.

Mais le problème, c'est que...

— Je ne sais pas comment m'y prendre et j'ai tout gâché, c'est aussi simple que ça. Elle n'y est pour rien, en fait, c'est moi. Tout est ma faute.

— Tu as raison, mais en voulant bien faire, Julian et moi n'avons pas arrangé les choses entre vous, lâche-t-elle avec un regret.

Soudain, un éclair illumine ma cervelle.

— Putain, mais c'est vrai, ça ! Avec le *deal* des contacts du téléphone de Julian et la manière dont tu l'as mise sur mon chemin dans l'avion ! Sans compter cette blonde, tout à l'heure ! C'est votre faute, en réalité !

D'accord, j'avoue, c'est ma façon de déculpabiliser. Car après tout, je suis maître de mes actes. Et j'assume.

— Bon, pas besoin d'en faire un fromage, hein ? Alors, tu l'as baisée ou pas ? Elyna ?

Je secoue la tête. Elle est dingue ou quoi ?

Je soupire.

— Je l'ai juste embrassée.

Elle siffle, admirative.

Pourquoi je lui raconte ce que j'ai fait déjà ?

— Pas mal, très bon début ! Et c'était comment ?

— Charlie, bordel ! Je te pose la question de ton ressenti quand tu le fais avec Julian ?

C'était indescriptible, sensationnel. Inoubliable.

— Non, mais tu peux.

Je lève les yeux au ciel. La lune s'échoue sur le cimetière dans lequel je me trouve et comme par magie, ses rayons éclairent la tombe de mon frère. Et allez savoir pourquoi, ça me fait plaisir et me rend ma bonne humeur.

— Tu es dingue, ris-je.

— Au moins, je t'ai détendu !

Je l'aime. Putain, j'aime Elyna ! Je l'aime ! C'est plus qu'une envie de sexe qui me tenaille : je ne peux pas envisager de ne plus la sentir, de ne plus l'entendre me gueuler dessus.

De ne plus la voir.

— Bon, quoi qu'il en soit, même si vous êtes partis sur de mauvaises bases, tout peut se rattraper. Et surtout, tu sauras te tenir au mariage, n'est-ce pas ?

Je regarde un instant la tombe de Noa pour valider ma réponse.

— Tu me prends pour qui ?

« *Pour l'enfoiré de service que tu es, mon frère !* »

Je souris à la phrase de Noa qui émerge dans mon esprit. Il me disait toujours ça. Nous avons partagé l'utérus de notre mère au même moment, mais nous ne nous ressemblions pas en tout. Notre visage était différent, comme les faux jumeaux que nous étions.

J'étais celui des deux qui forçait l'humour, lui était insolent, mais jamais *borderline*. Il était la voix de la sagesse.

— Pour toi. Bon, sache que tout à l'heure, j'ai plaidé ta cause auprès de ta dulcinée. Et je pense qu'elle est prête pour te recevoir.

Oh, putain…

— Je n'ose pas te demander ce que tu lui as raconté…

— Que tu n'es qu'un mec qui n'a pas d'idées pour séduire les femmes, et que ta queue pourrait faire des miracles en elle, s'esclaffe-t-elle.

J'entends presque mon frère pouffer, c'est dingue !

— Charlie, tu ne mens pas très bien.

— Tu crois ?

Elle me fait douter, cette folle !

— Tout le monde fait des erreurs, Noël, ce n'est pas facile pour elle de faire confiance à un homme, surtout lorsque celui-ci lui propose un *trip* de baise dans un avion !

Elle éclate de rire et je me sens encore plus mal qu'avant. Elle a raison sur toute la ligne.

— Et après tout, quoi de plus naturel, finalement ? poursuit-elle sans tabous. Ici, au Canada, les filles prennent les devants et peuvent te harponner dans la rue pour t'inviter à boire un verre et même plus ! Pourquoi pas un mec ? C'est l'égalité des sexes !

Sa théorie se vérifie aussi en France chez certaines nanas. Mais j'ai été trop loin. Je sais reconnaître mes bêtises. Celles que je fais continuellement depuis que je me suis mis en tête de séduire Elyna. Bordel ! C'est vrai, ça, j'ai toujours déconné à bloc avec mes potes, Charlie ou Julian, mais jamais avec une femme de cette manière.

« *Ça, c'est ma Charlie.* »

Je tressaille légèrement quand j'entends encore la voix de Noa dans ma cervelle.

— Tu ne lui as pas dit ça, j'espère ! reprends-je, déconcerté par mon esprit qui n'arrête pas de me passer des messages de Noa depuis que je lui ai raconté mes misères tout à l'heure devant cette tombe où son corps repose.

— Ben si, pourquoi ? D'ailleurs, c'est ce que j'ai fait avec Julian.

C'est vrai qu'entre eux, ça a été très rapide. Mais ce n'est pas pareil.

J'écoute un instant la réaction de Noa dans ma tête, mais ce dernier est silencieux.

— Mon cas est différent. Je veux rester ici.

C'est tout réfléchi.

— Je croyais que tu repartais à Paris si jamais elle te disait oui !

Je soupire. C'est exact. Julian a dû lui rapporter notre conversation de l'autre jour. Ils ne se cachent rien, tous les deux.

Serait-elle heureuse avec moi ? Pas sûr…

Putain, pourquoi ça me paraît si compliqué ? Pourquoi je doute ?!

— On va s'entretuer si on est ensemble, on n'arrête pas de se chamailler…

— Parce que vous vous empêchez mutuellement de vous rencontrer, de vous laisser une chance !

Un silence s'écoule avant qu'elle ne s'extasie sur sa prose.

— Bordel, c'est ce que j'ai dit à Elyna tout à l'heure, je crois ! Mais c'est tellement vrai !

— Et elle ne veut plus aucun homme dans sa vie.

C'est triste, mais c'est la réalité.

— Encore une barrière à noter sur ta liste pour rendre votre relation impossible ou c'est tout ?

Je soupire.

— Je suis médecin, pas le temps de m'occuper d'une femme.

Putain, pourquoi je suis si… mou, maintenant ? Comme si toutes mes forces me lâchaient ?

— C'est tout ? Parce que t'oublies ton caractère de merde, aussi.

— N'en rajoute pas, j'en ai bien assez, soufflé-je.

— Bon, allez, viens à la maison. Et fais ce que tu veux avec ma belle-sœur, mais ne passe pas la nuit dehors, OK ?

Je soupire. Elle a raison.
Je rentre et je me couche.

Je raccroche, puis reste immobile devant la dernière demeure de Noa.

— Donne-moi la force, mon frère, car je n'y arrive plus sans toi et tes conseils. J'étais motivé, tout à l'heure, pour me battre pour la récupérer, mais à présent, je doute.

Soudain, les rayons de lune illuminent une nouvelle fois sa tombe et m'assomment par la même occasion, comme s'ils souhaitaient nous réunir. Je m'agenouille et caresse son nom sur la plaque mortuaire.

— Je t'aime, Noa.

« *Je t'aime aussi, Noël, et je veux que tu vives. Prends exemple sur Charlie et ne me déçois pas, tiens la promesse que tu m'as faite. Je serai toujours avec toi. Dans ton cœur.* »

Mon palpitant bat contre mes tempes. Je l'ai vraiment entendu. Comme s'il était là, avec moi, qu'il me parlait. Et putain, mon corps se détend, mon esprit devient serein, mon âme s'apaise et un bonheur incroyable m'envahit en entier. Je me sens bien, pour la première fois de ma vie, je flotte dans un bien-être ahurissant.

« *Mais arrête d'être aussi con avec les femmes, sinon je viendrai te pincer les orteils lorsque tu dormiras.* »

Et quand j'entends encore sa voix dans ma tête, j'éclate de rire. Je ris si fort que j'ai l'impression d'envahir tout l'espace, que le son résonne dans ce cimetière et réveille ceux qui reposent ici. L'écho atteint cet astre rond dans le ciel, qui brille autant ce soir pour s'éteindre dans un silence le plus total. Il me disait souvent cette phrase de son vivant.

— Je te promets d'essayer, Noa, lui dis-je.

Maladroitement, j'essuie mes larmes de joie d'un revers de main. Heureusement que personne ne voit en cet instant mon moment de faiblesse. Mais me laisser aller m'a fait du bien.

J'embrasse la pierre tombale en lançant un baiser dessus, puis me redresse après avoir plaqué ma main sur la sépulture. La lune cesse de nous éclairer. Et je quitte cet endroit paisible qui, avant, me foutait les jetons et me faisait chialer à chacune de mes visites.

Une fois à la maison, tout est calme. Ils doivent tous dormir. Au moment où j'atteins ma chambre, j'hésite à frapper à la porte d'Elyna.
Je suis sûr qu'elle est réveillée.
Je fais un pas, puis un autre en direction de sa porte. Puis je colle mon oreille sur le bois. Je n'entends rien.
Dépité, je fais demi-tour. Je tourne la poignée de ma chambre et la referme derrière moi. Je m'assieds sur mon lit, mes yeux fixent le mur d'en face, ou plutôt la sortie que je rêve d'emprunter pour la rejoindre.

Je secoue la tête pour moi-même et passe une main sur mon visage. Je me défais de mon pull, le jette sur le matelas, puis dénoue ma cravate encore attachée à mon col de chemise que je n'ai pas retirée tout à l'heure. Et je sursaute lorsque mon téléphone s'éveille.

Je le saisis et découvre un numéro que j'ai enregistré : celui d'Elyna, que Julian m'a transmis. Mon doigt en suspension sur l'écran ne se décide pas à glisser dessus alors que l'appareil sonne, s'arrête, reprend à nouveau et stoppe une nouvelle fois. Au moins cinq fois de suite. Oui, j'ai compté.

Que veut-elle ? Me rappeler à quel point j'ai été nul ? Me traiter de tous les noms d'oiseaux qu'elle connaît ?
Elle me rend fou.
La déception me gagne lorsque mon portable reste muet.
Cinq fois. Elle n'est pas insistante !

« *Noël, souviens-toi de ta promesse tout à l'heure…* » me gronde Noa dans ma cervelle.

Je me gratte le crâne.
Elle est à côté. Et si j'y allais ?
Je secoue la tête. Mauvaise idée.
Tu m'aides, Noa ?
Bien sûr, là, tu me laisses me démerder…

La sonnerie m'alerte une nouvelle fois. Cette fois, je dégaine plus vite que mon ombre, le cœur battant la chamade.
— Noël, c'est Elyna, je suis désolée pour tout à l'heure, je ne pensais pas les mots que je t'ai dits. J'en suis tellement désolée que j'en ai mal. En réalité, j'étais… j'étais jalouse, je ne supportais pas de te voir embrasser une autre femme. C'est si soudain comme sentiment, comme émotion, je ne me suis plus contrôlée. Avec toi, je suis… sur mes gardes, mais désarmée… tu me désarmes, Noël, à chaque fois, et je perds mon *self-control*. Depuis toi… je ne sais pas, c'est sûrement parce que…
Putain, elle parle trop vite, elle m'embrouille. Elle…
Elle est désolée ?
— Waouh… est le seul mot qui me vient spontanément.
— Quoi ? Je… tu…
— Je n'aurais jamais cru que tu t'excuserais…
— C'est juste que tu me plais, voilà, c'est tout…
Putain ! Que dois-je lui répondre ? J'attendais cet aveu depuis si longtemps et maintenant que je l'entends, je bloque.

J'inspire profondément, me redresse, traverse le seuil de ma chambre, puis me rends dans son antre. J'ouvre et je la découvre enfin.

Sa nuisette, bordel, me fout dans un état pas possible, comme si je pouvais être encore plus atteint. Son corps étendu par-dessus les draps, juste assez pour que je puisse apercevoir ses cuisses qui se serrent.
Bordel, je n'en peux plus !
— Tu… c'est ma chambre, ici, me dit-elle d'une voix tremblante.
— Je vois… lui réponds-je en refermant la porte derrière moi, le téléphone toujours plaqué sur mon oreille.
Mon cœur se met à palpiter de plus belle, ma queue tressaute à chacun de mes pas. J'ai envie de la dévorer jusqu'à la dernière goutte, toute la nuit.
— C'est, ce n'est pas ta chambre, c'est la mienne, en fait… c'est…
— Je sais, continué-je en m'approchant de son lit, tandis que je crève de désir d'être en elle, de déguster chaque partie de son corps, de bouffer sa bouche.
Oui, de la bouffer.
Elle fixe avec appétit, ma cravate à moitié défaite, dont un côté pend sur ma chemise partiellement ouverte que je déboutonne encore davantage. Elle me gêne de plus en plus, j'ai envie de la retirer et de plaquer mon torse contre sa poitrine. Pour sentir sa chair contre la mienne me rendre vivant.

Je me penche vers elle, pour lui prendre son téléphone des mains. Sans son autorisation, je raccroche et le pose sur sa table de chevet avant de foutre le mien dessus, comme s'il s'unissait à lui.
Ses dents mordillent sa lèvre inférieure et je me lèche les babines. J'ai faim, horriblement faim d'elle.

Elle se redresse, jette toute la couverture à ses pieds, puis se lève pour me faire face. Nos deux souffles se mêlent. Nos yeux se plantent les uns dans les autres et se verrouillent, exprimant un désir sans nom.

Merde, elle est encore plus belle et bandante que dans mes rêves !

Et j'ai terriblement envie d'elle, c'est un truc de fou ! J'ai besoin de la pénétrer tout de suite, en avalant sa bouche en même temps. En aspirant son intimité jusqu'à ce qu'elle n'en puisse plus. De la faire gémir jusqu'à ce que les deux autres soient gênés par nos ébats.

— Je ne sais pas ce que je fais ici, mais s'il te plaît, force-moi à partir, lui demandé-je alors que j'espère qu'elle n'en fera rien.

— Et si moi, je ne veux pas…

Je souris avec amusement.

— Alors, ne le fais pas…

— Alors, je ne veux pas que tu partes… me dit-elle dans un murmure.

— Dis-moi ce que tu veux, réponds-moi par oui ou par non, lui ordonné-je.

Je souhaite qu'elle valide tout ce que je vais lui faire. Je ne désire pas la décevoir. Je veux qu'elle ait du plaisir avec moi.

Plus qu'avec les autres hommes qu'elle a connus. Et surtout, plus qu'avec ce connard de mes deux qui l'a trompée.

— Tu veux que je m'approche encore de toi ? lui chuchoté-je.

— Oui, me répond-elle dans un souffle.

— Tu veux que je te caresse la joue ?

Mon murmure rauque la fait se trémousser et respirer plus rapidement.

— Oui, m'avoue-t-elle à voix basse.

Alors, ma main se dresse pour faire ce qu'elle m'a demandé.

— J'ai eu envie de toucher ta peau dès que je t'ai vue entrer au bistrot…

Bordel, je vais la sentir pour de vrai.

— Ah oui… ?

— Maintenant, tu veux que je t'embrasse…

C'est une affirmation, parce que vraiment, je ne tiens plus, mais ça à l'air de lui plaire.

— Oui, je veux… que tu me touches avec ta bouche… d'abord…

— J'en ai rêvé tout à l'heure, alors que l'autre idiote m'a pris par surprise… te toucher partout et aller plus loin encore dans mon exploration… poursuivre ce que nous avons commencé…

Elle saisit une profonde inspiration comme si elle était soulagée par mon aveu et mes lèvres sourient. Son souffle se raréfie tant sa respiration s'accélère. Je pose mes mains sur ses joues et presse encore un peu plus mon corps contre le sien.

— Est-ce que toi et elle, tout à l'heure…

Je lape sa bouche une fois et mon gémissement la fait frissonner.

— Depuis que je t'ai vue, je n'arrive plus à bander pour une autre femme. Alors, non, je ne l'ai pas fait avec elle ni avec les autres. Et maintenant, je me demande si…

— Oui, je veux m'envoyer en l'air avec toi, même si nous ne sommes pas dans un avion…

J'épie ses yeux, ses magnifiques billes vertes qui brillent dans l'obscurité de la pièce.

Un rayon de lune nous atteint comme par magie et je souris.

Dégage, mon frère, parce que ce qui va suivre va être indécent…

— Cette fois-ci, je m'y suis mieux pris, n'est-ce pas ? La drague…

— Oui…

Notre bulle nous enveloppe. Je me lance sans préambule. Ma bouche se plaque contre la sienne et ça m'étourdit tant que j'ai l'impression que je bois de l'alcool. Que je décolle alors que l'orgasme ne m'a pas encore frappé.

Je resserre nos deux corps pour ne laisser aucun espace entre nous, même pas un millimètre.

Ma main descend le long de ses courbes, en étant partout à la fois, avide de tout ce qu'elle peut sentir, caresser, frôler, tâter ou pincer. Ma maîtresse a la chair de poule et moi, je ne suis pas en reste. La température monte de quelques degrés et nous entendons au loin une chorale qui chante une mélodie de Noël.

Le rayon de lune indiscret nous quitte et à la place, les illuminations de Noël irradient sa chambre.

Je souris contre sa bouche et elle en fait de même.

Chapitre 14
Le *trip* de baise

Mes reins sont en feu, je bouillonne. Je n'ai qu'une seule envie, me désaltérer de son corps et l'aspirer jusqu'à la dernière goutte.

Elle frotte son bassin contre le mien et je durcis davantage. À ce rythme-là, ma queue va exploser avant que je ne puisse m'en servir.

Ma bouche se décolle de la sienne tandis que nous nous réapprovisionnons en oxygène. Sa langue passe sur ses lèvres déjà gonflées par mes baisers et elle gémit alors que je ne bouge pas encore.
Putain, quand je serai en elle, que je la posséderai en entier, je serai au paradis.

La tension charnelle est si forte qu'elle devient électrique, tant et si bien qu'elle pourrait alimenter en courant toutes les illuminations de Noël de la ville.
Le désir me brûle, me fait mal tant il est ardent. Elle est presque nue, sa tenue la rend plus que sexy. Mais j'ai besoin de la déshabiller. Seulement, je vais être un poil patient, juste le temps de la faire monter en pression.
Genre encore plus que maintenant. Genre jusqu'à l'évanouissement.
Genre pour qu'elle ne m'oublie plus jamais, si l'idée lui venait de me larguer après notre fusion.

Je secoue la tête mentalement.
C'est la femme de ma vie. Je ne la laisserai jamais partir. Quoi qu'il m'en coûte.

Je ne me lasse pas de la contempler. Elle est magnifique, sublime. Une déesse issue d'ailleurs. Une princesse que j'ai envie de combler à chaque instant.

Elle frémit quand d'un doigt, je trace le contour de ses seins, sur le tissu qui les recouvre encore. Elle clôt les paupières et entrouvre la bouche lorsque je poursuis ma route jusqu'à son bas-ventre et m'arrête à la limite de son intimité. Elle gémit si fort mon prénom que j'ai l'impression qu'elle se tape déjà un orgasme.
J'adore lorsqu'elle m'appelle de cette façon si érotique.

Mon sexe tressaute, puis ma trique devient très très douloureuse.
T'inquiète, tu vas bientôt pouvoir te détendre…

Nos respirations se font erratiques et nos yeux s'accrochent désespérément l'un à l'autre. Elle mordille sa lèvre inférieure dans l'attente de ce que je lui prépare. À vrai dire, je ne sais pas par où commencer. J'ai envie de tout lui faire en même temps, tant le besoin d'elle est insupportable.

Le doux éclairage des illuminations qui ornent l'extérieur de la maison agrémenté par les rayons de la lune nous atteint comme par magie.

Cette femme veut de moi. Juste de moi : un mec légèrement en excès parfois sur la façon de jouer avec ses mots. Sans chercher ni mon fric ni le rôle d'épouse d'un médecin pour frimer et mener la belle vie.
Putain, je suis comme dans un rêve…
— Es-tu au moins consciente d'à quel point tu es canon et désirable ? lui chuchoté-je d'une voix rauque.
— Entre tes bras, n'importe quelle femme l'est, me répond-elle comme dans un songe.

Bordel, sa phrase est puissante !

Putain, mon cœur va me lâcher s'il continue à tenter de s'échapper de ma cage thoracique !

— Dis-moi encore que tu étais jalouse…

J'ai besoin qu'elle me l'avoue, clairement. J'ai besoin qu'elle soit jalouse de toutes les filles qui s'approcheraient de moi. Je veux qu'elle…

M'aime pour ce que je suis et en exclusivité.

— Jalouse ? J'avais envie de lui arracher les yeux pour qu'elle ne puisse plus jamais te voir… j'avais envie de lui couper la langue pour qu'elle ne puisse plus jamais la faire entrer dans ta bouche… J'avais envie de lui casser le nez pour qu'elle ne puisse plus sentir ton odeur et aussi de lui couper les mains pour qu'elle ne puisse plus les enrouler autour de ton corps… termine-t-elle avec un petit sourire en coin.

Je soupire, sourit et je lui retourne une confidence :

— Aveu pour aveu, j'avais envie de couper son… à l'autre con de tout à l'heure qui voulait t'embrasser. Heureusement, d'ailleurs, que tu n'as pas couché avec un… bref, celui-là, je l'aurais sans doute étranglé.

Et c'est vrai. J'avais des envies de meurtre, c'est dingue. Comme si elle était déjà à moi depuis la nuit des temps.

Bon, je ne suis quand même pas un assassin. Mon *trip*, c'est l'inverse : sauver des vies.

— Pour qui as-tu rasé ta barbe ? me chuchote-t-elle d'une voix éraillée.

— Tu le sais très bien… lui réponds-je à voix basse moi aussi.

— Finalement, j'aime les barbus, depuis toi…

Je souris.

— Dit-elle depuis que je ne n'ai plus vraiment de barbe…

— Tu peux la laisser pousser si tu veux, enfin, il va falloir que t'attendes que ça repousse…

Je pose un doigt sur ses lippes, trace un trait pour les contourner. Puis, je glisse mon index le long de son cou, en ne la lâchant pas des yeux. Ressentant la douceur de sa peau, pendant que mes narines se délectent du parfum que ma maîtresse dégage. Elle gémit.

— Arrête de parler, maintenant, tu m'agaces, plaisanté-je.

Elle me sourit, je suis aux anges. J'humidifie mes lèvres et plonge mon regard dans le sien d'une manière intense.

— Alors, je te propose de faire autre chose qui nous convienne mieux à tous les deux…

Sans aucune autre forme de procès, je soulève sa nuisette. Elle m'autorise à la dévêtir en levant ses bras. Je passe son habit par-dessus sa tête afin de le retirer.

Je m'arrête un instant pour voir son corps parfait. Et je salive d'avance.

Putain, j'ai envie de la lécher, la mordiller, la caresser… la bouffer jusqu'à ce qu'elle n'en puisse plus de crier mon nom.

— Es-tu d'accord pour aller plus loin, Ely ?

Ses pupilles s'illuminent lorsque je prends la liberté de lui attribuer un diminutif.

— Tu as encore besoin d'une confirmation ? me chuchote-t-elle alors qu'elle s'abandonne totalement dans mes bras.

D'un doigt, elle frôle ma lèvre inférieure. À ce contact, je clos les yeux un instant, mon désir revenant à la charge d'une manière maintenant insoutenable.

Je vais avoir un gros problème si je n'assouvis pas mes pulsions rapidement.

Genre une queue qui implose.

Un sourire, une seconde et j'attrape sa bouche avec la mienne tandis que ma main se referme autour de son sein. Elle soupire d'aise, je grogne en m'animant davantage. Je dévie sur son mamelon, que je suce avec avidité, pendant que ma paume remonte et dégringole le long de son cou. Lorsqu'elle rejette sa tête légèrement en arrière pour me laisser plus d'accès, je n'empêche pas un gémissement rauque de s'échapper de ma gorge. Mes mains glissent sur son ventre pour terminer leur course sur ses hanches. Ma langue continue son exploration en dévalant son corps lentement vers le bas.

J'adore qu'elle frissonne quasiment non-stop.
J'adore la façon dont elle s'agrippe à mes cheveux quand j'entame des caresses sur son bas-ventre, toujours plus bas.

Elle frémit encore pendant que j'aspire son intimité, que ma langue trace des cercles sur son clitoris. Que je souffle ensuite sur ce dernier et qu'elle prononce mon prénom dans un râle comme si elle me suppliait de la faire jouir. Je poursuis de plus belle, alors que je devine qu'elle commence à décoller. Son bassin se tortille et je change de méthode pour qu'elle puisse atteindre son premier orgasme.

Car chaque spasme de béatitude que je lui offrirai sera encore plus puissant que le précédent.

Lorsqu'elle crie, que je sens les parois de son vagin se contracter, je sais qu'elle vient d'y parvenir. Une fierté m'envahit.

J'adore lui prodiguer du plaisir. Et si elle me laisse faire, je lui en donnerai toute ma vie.

Ma queue hurle elle aussi. Elle ne semble pas contente, et il y a de quoi.
Je n'en peux plus d'attendre moi non plus.

Je reviens sur ses lèvres. Elle me mange, littéralement. Apparemment, elle n'en a pas eu assez.

J'ai envie qu'elle me touche à son tour.

D'une main, je guide la sienne à mon érection et lui fais comprendre de la presser. Je glisse un doigt en elle, puis deux... jusqu'à quatre. Je suis bien membré et elle est très étroite. Loin de moi l'idée de l'effrayer ou qu'elle puisse souffrir à la pénétration. Même si elle dégouline déjà, je veux qu'elle soit complètement prête pour me recevoir.

Un cri s'échappe de sa bouche, me demandant de poursuivre. Et le son qui résonne dans la pièce me rend fou, définitivement. Mes doigts jouent en elle jusqu'à ce qu'elle jouisse dessus, son nouvel orgasme l'assaille. Son grondement est si fort que je tressaille de surprise.

Bordel, là, je suis complètement au taquet !

Comme un dingue que je suis devenu, je descends la braguette de mon pantalon à la hâte, le retire aussi vite jusqu'à mes pieds pour l'envoyer valser sur le sol. Je déboutonne ma chemise, car je ne supporte plus ce bout de tissu sur ma chair. J'ai besoin d'être à poil, de me frotter contre sa nudité parfaite. De l'empaler sur mon sexe tandis que je rougirai sa peau au maximum.

Ses yeux sont écarquillés et fixent mon membre comme si elle n'en avait jamais vu dans sa vie. Ça ne m'étonne pas, comme je l'ai déjà dit, je suis un peu hors-norme. Mais je vais la rassurer.

J'enfile un préservatif, la soulève en calant mes mains sur ses fesses bien fermes et la dépose sur la commode. D'un geste rapide et efficace, j'écarte ses cuisses et présente ma queue à son intimité.

Je ne tiens plus, bordel, mais je dois y aller doucement.

Ma respiration se fait courte, la sienne aussi. Mais ses yeux restent trop grands.

J'espère qu'elle ne va pas se rétracter pour un détail d'anatomie ! Pas dans l'état où elle vient de me mettre.

— Je... il n'est pas trop... gros ? me demande-t-elle, confuse.

Non, Ely, il est parfait pour toi, je le sais. Parce que nous étions faits pour nous rencontrer.

Une goutte de sueur coule sur le sillon de mon dos.

Et si nous n'étions pas compatibles ?

Non, c'est impossible. Nous sommes des âmes sœurs. J'en suis convaincu.

— Je vais y aller doucement, le temps que tu t'habitues, d'accord ? lui proposé-je, haletant.

Elle hoche la tête pour me donner son consentement. Soulagé, je pousse un profond soupir. J'enfouis mon visage dans son cou et la respire avec délectation. J'autorise mon sexe à franchir la porte de son vagin et glisse dans son intérieur lentement, très lentement, plus loin, toujours plus loin en elle.

Bordel, c'est déjà si bon !

— Ça va ? m'inquiété-je alors que mon esprit se trouve dans une quatrième dimension tant le plaisir que je ressens déjà est immense.

Elle hoche la tête plusieurs fois.

Ça signifie oui.

— Je t'en prie, ne t'arrête pas, je te veux tout entier en moi.

Il ne m'en faut pas plus pour poursuivre.

Je soupire de bonheur en même temps qu'elle.

Ma bouche capture la sienne et sa langue entre en action.
Je ferme les yeux et je suis certain qu'elle aussi.
Je grogne et elle gémit de plus belle.

Nos souffles se calent ensemble au moment où je commence un lent mouvement de va-et-vient.

Je la savoure, millimètre par millimètre.
Je la respire, centimètre par centimètre.

Putain, je suis au paradis !
Je ne la lâcherai plus jamais.

Son nouveau cri me rend fou pour de bon. Mes coups de reins se font plus appuyés, plus rapides, plus forts, plus en profondeur.
Bordel ! Nous nous emboîtons parfaitement, je le savais.
Nos corps tremblent et sont dévastés par le plaisir qu'ils se donnent.
Je m'enfonce en elle jusqu'au bout de son tunnel magique.
Je reprends sa bouche et mon gémissement se meurt contre elle.
Nos respirations sont saccadées.
Nous perdons la notion du temps, d'où nous sommes, du sens de ce que nous vivons. Nous nous fichons de ce que nous ferons ensuite de notre relation…
Nos braillements remplissent notre air tandis que je vais et viens en elle de plus en plus fort et avec un rythme plus rapide. Qu'elle bouge avec moi en parfaite harmonie.
— Putain, Elyna… c'est tellement bon !
— Noël ! Je crois que je vais… je vais…
Sa phrase est une bombe qui éclate en même temps qu'elle provoque un dernier puissant coup de reins.

Et notre plaisir explose.
Elle gémit plus fort encore.
Je grogne encore plus fort.

Nos souffles, nos odeurs, nos fluides se mélangent et ce qu'ils produisent est un truc unique. Nous ne sommes plus qu'un seul.
Enfin !

L'orgasme est violent, incroyable par son intensité jamais ressentie avant avec une femme. Tellement que je décolle très haut, tant et si bien que j'ai l'impression d'atteindre les étoiles, de faire le tour de la Terre avec elle dans mes bras, son corps relié au mien avec force.

Et lorsque je redescends, j'ai besoin d'un moment pour retrouver mes esprits.

Et je sais à cet instant que si je la perds, je ne m'en remettrai jamais. *Jamais.*

Pris par une tristesse subite et inattendue, je me retire et me rends dans la salle de bain pour y jeter mon préservatif dans la poubelle.

Jamais je ne me suis senti aussi vivant. Seulement, nous venons de faire l'amour et n'avons pas discuté de notre avenir.
Nous devons en parler, tout de suite.

Lorsque je reviens auprès d'elle, elle est étalée sur le lit et me tourne le dos.
Regrette-t-elle ?

Je m'apprêtais à m'allonger à ses côtés au moment où mon téléphone sonne. Un éclair traverse mon estomac lorsque je reconnais le numéro de l'hôpital de Montréal. Mon nouvel employeur. Je leur ai dit qu'ils pouvaient compter sur moi en cas d'urgence.
C'est à ce moment-là que la réalité revient à la surface.
J'ai signé mon contrat. Et elle repart à Paris début janvier.
En admettant que je le rompe, je me suis engagé à travailler pendant quelques mois. Trois ou quatre, je crois.
Et elle, m'attendra-t-elle à Paris, si je décidais de la rejoindre plus tard ?

Noa, s'il te plaît, aide-moi, car je ne sais plus quoi faire. Comment lui demander si elle veut rester avec moi ?

Je soupire.

« Si une femme ne peut pas t'attendre pendant trois petits mois, alors, elle n'en vaut pas la peine. »

Je sursaute lorsque j'entends la voix de mon frère dans mon esprit. *Il a raison.*

Mon appareil s'arrête de sonner et je soupire lorsque je remarque que *ses* paupières sont closes.

Tu es médecin, Noël. Tu as des obligations. Tu dois joindre l'hôpital, quelqu'un a besoin de toi.

Et elle est dans les bras de Morphée. Tu ne pourras pas lui parler avant demain matin.

Alors, je ramasse mes affaires, prends mon téléphone et quitte la chambre sans bruit, pour rappeler mon correspondant depuis la mienne.

Chapitre 15
Le lendemain matin

Je suis rentré à trois heures du matin, complètement cassé. J'ai assisté un chirurgien cette nuit, pour un cas difficile.
Un futur collègue.
Mon réveil a sonné à sept heures, j'ai promis à Julian de l'aider pour les derniers préparatifs du mariage. Nous sommes le 24 décembre et ils s'uniront tout à l'heure.

Je soupire en entrant dans la salle de bain, puis lorsque j'y aperçois Elyna, ma bonne humeur revient aussitôt.
— Tu n'as pas fermé la porte et tu n'es pas nue, la provoqué-je, ne sachant pas comment l'aborder.
Comment suis-je censé me comporter ? Dois-je l'embrasser ? L'enlacer ?
Putain ! J'en sais rien.

Elle soupire en tirant sur ses cheveux de plus belle. Son peigne n'a pas l'air de faire du bien à ses mèches. Je la détaille avec gourmandise. Elle est bandante. Même si son peignoir la recouvre en entier et s'arrête presque à ses pieds.
Dommage !
— J'ai dit ou fait quelque chose qui t'a déplu ? insisté-je.
Elle pose sa brosse sur le meuble vasque, puis prend une forte inspiration.
Je soupire, je sens la dispute arriver. Sincèrement, je ne suis pas d'humeur. Pas avec la nuit que je viens de passer. Pas avec mes pensées qui tournent en boucle sur la manière de lui demander si elle veut tenter une relation avec moi.
— Tu t'es bien amusé, hier soir, avec mon corps ? me rétorque-t-elle.
Je ne comprends pas son ton agressif.

Je m'avance d'un pas, elle recule d'autant. Je déglutis. Son geste me fait mal, juste là, au milieu de la poitrine.

Ne fais pas ça, Elyna. Ne me rejette pas.

— Tu as finalement sauté la blonde après moi, hein ?

Mon visage devient grave et mon humour se tire en fumée.

— Il n'y a que toi depuis hier, Elyna. Pourquoi me fais-tu des reproches ?

Elle lève les yeux au ciel.

— Ton téléphone a sonné et tu es parti comme un voleur ! Voilà pourquoi !

— Je croyais que tu dormais, me défends-je.

— Ah, la belle excuse !

Elle soupire de plus belle et je gratte mon crâne, mal à l'aise.

— Je suis désolé, j'avais des obligations et…

Elle lâche un rire qui ne me plaît pas.

— Quoi comme obligations ?! Tu es en vacances ! Et aujourd'hui, un mariage va être célébré, tu es le témoin de la fiancée ! Ton job est à Paris ! Quoi, comme devoirs, Noël ?!

Je baisse les yeux. Je ne peux pas lui apprendre que j'ai signé un contrat ici. Pas tant que je ne l'ai pas cassé. Sinon elle va penser que je me suis joué d'elle la nuit dernière.

Putain, je suis coincé !

— Ne te fatigue pas. De toute façon, pour moi, tu n'as été *qu'un trip de baise* ! ajoute-t-elle.

Elle me désigne d'un doigt et blessé, je me décale d'instinct.

— Quoi qu'il en soit, je ne veux plus rien savoir d'un mec comme toi ! Tu entends ?! Plus rien du tout !!

Sur ce, elle me quitte, me laissant seul face à mon désespoir.

Je suis dans un état lamentable depuis notre dispute dans la salle de bain, Julian l'a remarqué, mais en dépit de son insistance, je ne lui ai rien confié. Je n'avais pas envie de le polluer avec *mes affaires* en ce jour mémorable pour lui. À la place, j'ai fait ce qu'il attendait de moi : je l'ai aidé. Pour les décos que nous avons posées sur les tables, pour nouer sa cravate, pour l'écouter parler de sa future femme amoureusement. Pendant que je me décomposais, en tournant et retournant la phrase d'Ely.

N'étais-je vraiment qu'un plan cul pour elle ?

Plus tard, au moment où Charlie et Julian ont prononcé leurs vœux, une tristesse étrange m'a assailli. Leurs pupilles brillaient, leurs corps s'appelaient. Le bonheur y flottait et reste figé sur eux maintenant, alors que nous sommes attablés.

Aurai-je un jour cette chance ?

Plus j'y pense, plus Elyna semble s'éloigner de moi.

Tout à l'heure, quand ils se sont dit « oui », mes yeux ont dévié sur ceux d'Ely pendant quelques secondes. Mais lorsque j'y ai vu de la colère, j'ai préféré les reporter devant moi. Mais tout ce que j'observe me fait mal : les fleurs de lys exposées sur les tables rondes des invités ; entre elles et la piste de danse, la table rectangulaire des mariés ornée d'un gros bouquet des mêmes fleurs en son milieu. Les nappes rouge et blanc. Le grand sapin d'au moins trois mètres en retrait dans un coin, à côté d'une cheminée qui crépite. La scène où se trouve le D.J. Les lustres qui scintillent au-dessus de nos têtes… la belle robe de princesse de Charlie et le *smoking* noir de Julian…

Maintenant, nous sommes assis l'un à côté de l'autre à la table des célibataires, comme des parfaits étrangers, et *elle* m'ignore comme s'il ne s'était rien passé entre nous. Ça me fait mal.

C'est con de se trouver dans cet état alors que l'ambiance est joyeuse, que tout le monde est heureux. Que deux êtres se sont dit oui pour la vie. Nous sommes le 24 décembre et c'est Noël...

Je pensais qu'*elle* était mon cadeau, cette année. Je n'ai jamais rencontré une fille comme elle et peut-être que je ne croiserai jamais plus personne comme *elle* dans ma vie.

Est-ce possible de se retrouver dans cet état alors que je la connais à peine et que nous n'avons passé moins d'une nuit ensemble ? Un mec, ça ne s'attache pas aussi vite, pas vrai ? *Ça* n'a pas de sentiments ? *Ça* ne veut pas demander en mariage une femme dont il est tombé amoureux sur une simple photo, quelques jours après l'avoir vue en vrai, n'est-ce pas ?
A priori, si.
Pourrais-je devenir l'homme qui compte le plus au monde pour elle ?
A priori, non.

Elle me fait la tronche. Ne m'a plus parlé depuis ce matin.
Ce qu'elle est belle, avec son chignon relevé, sa robe rouge moulante qui lui va à ravir !
Elle me déteste.

Ma voisine de droite me tapote le bras. Du coin de l'œil, je remarque qu'Ely me surveille. Je souris et j'entends cette dernière pester.
Il y a peut-être un espoir.

Je me penche en direction de celle qui me fait du rentre-dedans depuis le début de la soirée et lui chuchote un truc à l'oreille.
— Tu danses avec moi ? lui proposé-je.

Je pourrais me baffer de faire subir ça à Ely, mais j'ai envie de la provoquer. Juste pour voir si elle se bat pour moi. Après tout, son frère m'a bien dit qu'il fallait la bousculer, non ?

Peut-être que si elle se sent menacée, elle m'arrachera à cette meuf qui ne compte pas pour moi. Même si elle est habillée de la même façon qu'Ely, coiffée comme *elle*.

« *Noël, tu joues avec le feu.* »

Une nouvelle phrase de Noa effleure mon esprit.

Au point où j'en suis, autant tenter le tout pour le tout.

Tu es con, tu sais ça ? Ne pourrais-tu pas la voir et t'expliquer avec elle ? Qu'est-ce que tu risques ?!

Ignorant ma pensée, je soupire, puis entraîne ma cavalière sur la piste de danse. Je la serre contre moi très près. L'autre dans mon caleçon ne bouge même pas, tant cette fille me laisse indifférent.

Maintenant que je sens son odeur de plus près, je trouve qu'elle sent mauvais.

A-t-on idée de verser tout un flacon de parfum sur son corps ?

Elle s'accroche à mon cou et me susurre un truc à l'oreille que je ne capte pas, mon attention restant focalisée sur la teigne qui m'espionne discrètement depuis notre table.

Lorsque la fille dont je n'ai pas retenu le nom pose sa tête sur mon épaule, Ely porte un verre de vin à sa bouche et l'avale d'un trait.

Je souris, me détache de ma cavalière et lorsqu'elle me regarde, je lui fais un clin d'œil.

— Un *trip* de baise, ça te dit ? me propose-t-elle.

Je souris et m'approche de son oreille devant les pupilles attentives d'Ely.

— Sans façon, merci, j'ai une autre nana en vue.

— Ah, la chanceuse... C'est la sœur de Julian, hein ?

Nos yeux se rencontrent.

— T'inquiète, j'ai l'habitude. Les mecs sublimes ne sont jamais pour moi ! reprend-elle.

— Moi non plus, les belles femmes n'étaient jamais pour moi. Et là que je l'ai trouvée, je ne la laisserai pas partir.
— C'est sûr... utiliser une autre fille pour la rendre jalouse, c'est un bon moyen !
Son ton est ironique.
— C'est le seul que j'ai déniché.
— Ouais, enfin, ne pousse pas trop non plus, hein !
— T'inquiète !
Elle bâille.
— Je suis fatiguée, tu me ramènes chez moi ?
— Je ne préfère pas, non.
— Je suis vraiment lasse et Julian m'a affirmé tout à l'heure que je pouvais compter sur toi.
— D'accord. T'habites pas loin, j'espère ? Je n'ai pas envie de m'absenter longtemps.
— Non !
— OK, je préviens Julian, et je te raccompagne.

Je suis de retour quelques minutes plus tard, après l'avoir déposée en bas de chez elle. Mon regard balaye la table et j'aperçois rapidement Ely. Je lui souris avec amusement, puis je hausse les sourcils plusieurs fois pour la narguer.
C'est le seul moyen que j'ai trouvé pour qu'elle vienne m'étriper à l'endroit où je vais me rendre maintenant.

Sans perdre de temps, je prends la direction des toilettes et elle me suit, avec une impression de déjà-vu avec les rôles inversés.

Au bout du couloir qui délimite les w.c. hommes de ceux des femmes, je m'arrête et pivote vers elle. Elle me percute, puis recule d'un pas. Elle est très irritée, d'après ce que je peux voir. Ses yeux lancent des balles et sa main se lève pour me baffer, mais je la stoppe en attrapant son poing.

— Une deuxième gifle ? Qu'ai-je fait pour la mériter, cette fois ? lui demandé-je avec un sourire amusé.

Elle explose et je jubile.

— Parce que tu m'agaces !

Moi ? Je l'énerve ? Bordel, elle me fait chier avec ses sautes d'humeur ! Avec ses scènes sans cesse ! Je suis épuisé de tout ça !

Et je ne suis qu'un sale connard avec mon comportement à la con, elle a raison.

Je me rapproche d'elle, à quelques pauvres centimètres, laissant mon souffle s'échouer sur le sien. La cadence de mon pouls s'agace elle aussi.

— Pourquoi me regardais-tu tout le temps, tout à l'heure ? lui chuchoté-je d'une voix douce.

Son visage se colore, sa respiration devient courte. Je la trouble.

— Je ne te regardais pas, j'admirais les décors, de l'autre côté…

Je secoue la tête et mon sourire s'étire.

— Tu me regardais, moi non.

Une question en affirmation, c'est nouveau, mais ça marche.

Elle se redresse, croise ses mains sur sa poitrine, lève le menton et m'observe d'un air de défi. J'adore, maso que je suis !

— Ah ! Et comment sais-tu que je te regardais, puisque tu ne me regardais pas ? Qui de nous deux regardait l'autre, à ton avis ?

C'est pas faux.

— Qu'est-ce-que tu veux, Elyna ? lui demandé-je après quelques secondes d'attente.

Elle me dévisage avec dédain, et je ne la comprends pas, une nouvelle fois.

— Que tu arrêtes de m'énerver à tout bout de champ !

Je soupire, puis passe une main sur mon visage.

— Tu es sur la liste « pas touche », je ne peux pas faire ce que je veux.

Je dois commencer doucement, avant de parler de choses plus sérieuses.

Arriverai-je à mieux communiquer sur l'essentiel ? C'est-à-dire notre suite ?

Elle touche mon torse avec son index et je frémis.

Ma queue ? Eh ben, il faut croire qu'elle ne roupille plus.

— Toi, tu es sur ma liste des mecs odieux et... *sexy*...

Elle bat des cils, étonnée elle-même de me confirmer que je ne la laisse pas indifférente. Je pourrais sourire, mais je sais qu'elle n'est qu'à son coup d'essai. Je commence à la connaître. Elle a besoin de se décharger de toute sa colère et bien souvent, elle pense le contraire de ce qu'elle dit.

— Et je ne veux rien venant de toi, Noël !

Sauf que sa phrase m'emmerde. Ma main frotte encore mon visage. Je suis fatigué de tout ça. Maintenant, je souhaite avoir une réponse.

Si nous existons dans le futur ou non.

— Alors, pourquoi tu es là ?

— Et toi, qu'est-ce que tu veux, Noël ?

J'empiète sur son espace vital en collant mon corps contre le sien.

— Tu serais choquée de le savoir, lui réponds-je avec un sourire en coin.

— Tu... tu... m'agaces ! Tellement !

Dans ce cas, pourquoi tu ne bouges pas d'un pouce, Ely ?

— Par contre, si tu veux, je peux commencer par quelque chose de moins... choquant, quoique nous ayons déjà expérimenté certaines choses, toi et moi...

— Je suis sur ta liste « pas touche ».

— Menteuse... tu sais que ce n'est pas vrai... et puis, nous avons déjà transgressé cette liste, je te rappelle... petite hors-la-loi...

— Pourquoi as-tu couché avec cette Jen ? me demande-t-elle.

Je n'ai aucune idée de qui elle parle et j'en ai plus qu'assez.

Je soupire longuement, puis lève les yeux au ciel.

Assez joué.

— Ce matin, lorsque nous nous sommes croisés devant notre salle de bain commune, tu m'as dit qu'hier soir, je n'ai été que *ton trip de baise* et ce soir, tu me fais une scène ?

Troublée, elle rougit. Je continue.

— Tu m'as aussi dit que tu ne voulais pas d'une relation stable avec un homme.

À ma grande surprise, elle acquiesce. Mais ce qu'elle ajoute ne me va pas du tout.

— Ça vaut sans doute mieux que nous en restions à un *one shot*, effectivement.

Je soupire. Elle n'est pas cohérente.

— Alors, pourquoi tu t'intéresses encore à ce que je fais aujourd'hui ?

— Je… je… c'était plus fort que moi. Une fois à Paris, ce sera plus facile de t'oublier… me dit-elle en guise de réponse.

Je pousse un profond soupir, puis m'approche d'elle davantage.

— Es-tu sûre de ne plus vouloir de moi ? De ne pas vouloir essayer quelque chose ensemble ? lui demandé-je avec espoir.

Elle baisse la tête en direction du sol. Puis, lorsque ses yeux reviennent vers les miens, je comprends que ça ne va pas être aussi simple.

— Je dois partir pour Paris après-demain, et toi, tu t'installes ici.

Ses yeux ne me quittent pas, s'accrochent aux miens. Je recule d'un pas.

— Ce n'est pas une excuse.

Ma voix est grave, très sérieuse, peinée. Elle baisse la tête, et elle apporte sa réponse en évitant de me regarder en face.

Je retiens mon souffle. Je souffre le martyre. S'en rend-elle compte ?

— Ma vie est ailleurs et nous nous connaissons à peine.

Ma bouche s'approche de la sienne, comme si j'allais l'embrasser. Et si je m'écoutais, je le ferais. Au lieu de cela, je tente encore ma chance.

— C'est tout ce que tu as trouvé comme autre excuse ? Tu n'es pas convaincante.

Je suis brisé. Elle ne me regarde toujours pas.

J'ai pigé.

Quelques secondes s'écoulent dans un silence affreux, puis je la quitte en m'éloignant d'elle. Elle ne me retient pas. Ne me rattrape pas. Je suis déçu.

Une fois que je suis arrivé dans la salle de réception, Julian m'agrippe pour me tirer vers sa table. Mais je prends le temps d'écrire un SMS à Ely.

Pour lui dire que j'ai compris. Mais qu'elle est mon ciel.

À ma manière.

{Je n'ai pas baisé Jen, son vagin n'est pas compatible. Mais je sais que ce ne sera plus toi. Alors, je finirai par en trouver un autre à ma taille. Moi, je pars ce soir. Tu ne me reverras plus jamais. C'est une promesse.}

Elle arrive en pressant le pas, mais reste à distance de moi. Je ne l'aperçois pas, je la sens et cette impression est aussi terrible que notre rupture pendant qu'un couple hurle son bonheur.

Tout le monde devrait être heureux un jour comme celui-là.

Nous portons un toast aux mariés, puis je prononce un discours que je leur ai écrit.

« L'amour est imprévisible, il vous tombe dessus sans prévenir, comme de la neige qui arrive sans que l'on s'y attende. Il peut être destructeur comme une tempête de neige, de glace, qui vous emporte et vous enserre, si

vous n'y êtes pas préparé. Mais il peut être magnifique, si les deux amoureux se donnent une chance de s'aimer. Julian et Charlie font partie de ces amoureux qui en un seul regard ont su qu'ils allaient finir leur vie ensemble. Je vous souhaite beaucoup de bonheur et une longue vie ! J'espère que moi aussi, un jour, je trouverai ma Charlie. »

Je termine avec difficulté. Je tiens bon, en dépit du nœud qui s'est formé dans ma gorge, malgré mon cœur qui ne se souvient plus de la manière de battre, même si le poids sur ma poitrine empêche l'air de circuler.

Heureusement que j'ai promis de jouer au père Noël et que je m'éclipse aussitôt.

Quelques minutes plus tard, à minuit pile, j'apparais, une hotte remplie de présents perchée sur mon épaule. Je ne *la* regarde pas, je ne pense pas, je ne fais rien d'autre que de faire semblant d'être ruisselant de joie, alors que je suis triste.

Je dépose les cadeaux sur les tables et ceux d'Ely sont transportés par un enfant qui m'assiste.

Je n'arrive plus à l'approcher pour voir ses yeux sachant que je l'ai perdue.

Alors qu'elle quitte sa table et rejoint son frère, le sourire aux lèvres, j'en profite pour lui offrir le petit lutin de Noël que je lui ai acheté à l'aéroport en le posant à sa place.

Elle l'ouvrira ou non.

Je m'en fous.

Il est accompagné d'un mot. Un truc que j'ai griffonné tout à l'heure, en attendant de sortir en père Noël à minuit, alors que je tentais de me rendre moins triste.

Elle le lira. Ou pas.
Je m'en fiche.
L'important, c'était de lui écrire la vérité.

« C'est un lutin que j'ai attrapé un mois avant Noël, comme le veut la tradition québécoise (en réalité, je l'ai acheté à l'aéroport, car en France, il n'y en avait pas). Il m'a dit que j'ai été sage, que j'allais recevoir un beau cadeau. Toi. Mais comme tu ne veux pas de moi, je t'offre ce lutin, car il m'a raconté des bêtises. Jamais plus je ne me ridiculiserai en me déguisant en père Noël, car ce déguisement ne change pas les choses. Si je t'ai quittée après t'avoir fait l'amour, c'est parce que j'ai opéré en urgence à l'hôpital de Montréal : il leur manquait un chirurgien et même si ce n'est pas ma spécialité, j'étais là pour assister un confrère. Nous avons sauvé deux vies, un couple qui a eu un accident de voiture, dont l'enfant attendait à la maison avec une nounou. En réalité, tu me plais depuis que Charlie m'a montré ta photo. Je m'y suis mal pris pour t'aborder et je le regrette. Mais c'est trop tard, je sais que tu ne pourras jamais m'aimer. Adieu. »

Je déteste l'esprit de Noël, cette année.
Je hais tous les Noëls depuis que mon frère est parti.
Car ils représentent une malédiction qui se répète.

Tous les êtres qui comptent vraiment pour moi disparaissent de ma vie.
Dans un cimetière.
Ou ailleurs.

Chapitre 16
La promesse

Finalement, c'est un mal pour un bien.

Quitter Ely m'a permis de passer la journée du 25 avec mes parents.

Et de regarder la télé ensuite avec eux.

Avec un trou béant dans mon cœur…

Le foyer de mon enfance est toujours aussi agréable. Et cette pièce ornée de meubles en bois, d'un canapé confortable collé contre un mur encadré de deux fauteuils, d'une cheminée qui crépite est chaleureuse.

Pendant les plus de deux cents kilomètres que j'ai parcourus en voiture jusqu'à la ville de Québec, mon esprit était constamment en alerte. Se demandant encore pourquoi j'ai joué au con si souvent avec Elyna. Elle est impulsive, avec une nature loin d'être facile. Mais moi, je ne suis pas en reste. Je suis pire…

Son caractère de merde me manque.
Ses répliques à la con me manquent.
Sa jalousie me manque.
Son odeur me manque.
Son corps me manque.
Ses yeux, sa bouche, ses mains sur moi me manquent.
Sa voix érotique et sensuelle me manque.
Son sourire me manque.

Elle me manque… énormément, alors que je l'ai quittée hier soir. Enfin, ce matin après minuit.

Je prends une forte inspiration et frotte ma barbe naissante.

Et je l'ai laissé partir comme le con que je suis.

Un frisson me parcourt lorsque je revois en songe notre unique nuit passée ensemble. C'était puissant, magique, indescriptible.

Des flocons tourbillonnent derrière la seule fenêtre de ce salon de vingt mètres carrés, comme d'habitude lorsqu'ils arrivent.
Ici, rien n'a changé. Ni la maison. Ni mes parents. Ni mon pays.
Si, moi, j'ai changé. Et avec ou sans Ely, je n'ai plus envie de rester ici.

Mon regard glisse vers mon père et ma mère, serrés l'un contre l'autre, comme au premier jour. Depuis un an, ils n'ont pas pris une ride. Elle n'a rien perdu de sa beauté et porte quasi les mêmes traits du visage que Charlie, curieusement. Lui me ressemble en plus vieux. Mes yeux observent le tableau de nous quatre. Celui qui est accroché au-dessus du canapé où sont assis mes parents. Je souris à la grimace de Noa. Il détestait se faire prendre en photo.

« *Eh, je suis toujours là, Ducon !* »

Je sursaute lorsque j'entends la voix de mon frère dans ma tête.

« *Je ne te laisserai tranquille que quand tu auras retrouvé ta petite amie, frérot, alors grouille-toi, parce que j'ai envie de trouver mon paradis, moi aussi.* »

Mon fou rire part sans prévenir et j'en ai mal aux abdos.

Quatre billes curieuses m'observent. Après deux gloussements, je deviens sérieux, mais mon sourire ne me quitte pas. Je me sens bien.
— Qu'est-ce qu'il t'arrive ? me demande ma mère en haussant les sourcils.

— Je suis amoureux, maman, et je vais récupérer ma femme. Voilà ce qu'il m'arrive.

Quatre yeux s'écarquillent, puis celle-ci bondit de son canapé pour venir m'embrasser. Je me lève pour l'accueillir dans mes bras.

— Oh, je suis si contente ! Tu nous la présentes bientôt ?!

Je me décolle de son étreinte qui m'étouffe. Mon père prend le relais.

— C'est la Parisienne ? me demande-t-il.

Je marque une pause.

Comment il sait ça, lui ?

— Charlie nous a contactés tout à l'heure pour être certain que tu étais bien ici, m'apprend-il.

Sacrée meilleure amie, qui trahit mon secret, alors que… que je le désirais ardemment !

— Et elle a cafté, ris-je.

— Elle nous a tout raconté ! ajoute ma mère.

Papa se lève et nous rejoint. J'ai l'impression de retomber en enfance, car je m'attends à tout avec eux. Y compris à une réprimande.

— Julian a une idée pour que tu la récupères, alors appelle-le et magne-toi le cul, fiston !

— Moi qui croyais que vous étiez contents que je sois rentré au bercail, vous me foutez déjà dehors ! plaisanté-je.

— Jusqu'à ce que tu nous la présentes seulement !

Ma mère m'enlace une nouvelle fois.

— Je retournerai à Paris, vous vous en doutez.

— Tu la veux ? me demande mon père.

Je hoche la tête. Maman pince mon menton et je râle pour la forme. Elle me sourit et j'en fais autant.

— Alors, prends-là. Ne repars pas en France avant de passer ici nous voir et revenez ensuite une fois par an, termine-t-il.

— Et appelle-nous en visio tous les soirs ! ajoute ma mère.

— Maman ! la prévins-je.

Elle lève les yeux au ciel.

— Bon, d'accord. Un jour sur deux, puisque tu devras t'occuper d'elle, se marre-t-elle avec un ton espiègle.

Je grimace.

— Bordel, ne me parle jamais de sexe !

— Pourquoi ? Moi, je couche toujours avec ton papa !

Je me bouche les oreilles et ils s'esclaffent comme des ados. Me dire qu'elle copule encore avec mon père, bordel, non, mais elle ne va pas bien ! Je le sais, ça me suffit.

— Maman !

Elle lève un doigt, puis pique un fou rire de plus belle.

Moi ? Je l'accompagne, avant d'appeler Julian.

Ce dernier décroche à la première sonnerie et enchaîne sans pause.

— Avant toute chose, Noël, sache que Charlie a dit à Elyna que tu avais signé un contrat avec l'hôpital de Montréal et que tu comptais quitter Paris définitivement.

Je ferme les yeux.

Bordel, ça recommence !

Chapitre 17
Ely et moi

Je suis ridicule dans mon costume de père Noël et surtout, je me gèle les couilles. Les illuminations de Noël scintillent et subliment la ville. D'une oreille, j'écoute la chorale qui interprète un chant de Noël sur la place dans laquelle j'attends impatiemment qu'elle arrive.

Et… je la vois.

Mon palpitant stoppe ses pulsations cardiaques et une douce chaleur m'enivre en même temps qu'une frousse inopinée.

Elle est délicieuse, si belle emmitouflée dans son gros manteau !

Et je vais tout lui dire.

Au moment où le groupe arrête sa prestation, quand Julian et Charlie s'embrassent, dès qu'une odeur de chocolat chaud parvient jusqu'à mes narines, lorsque mon cœur redémarre, je hurle son prénom.

— Elyna !

Elle se retourne lentement, comme au ralenti. Mon palpitant bat dans mes tempes, partout. Des cris de joie d'enfants jaillissent, une nouvelle chanson tonne, une bourrasque fouette son visage… Et puis… elle me fixe enfin. J'ai l'impression qu'elle m'attendait et qu'elle avait reniflé mon parfum à des kilomètres de là. Alors que, disons-le, je suis bien déguisé.

Mon souffle devient court, mes jambes tremblent d'émotion, mon corps chavire vers elle…

Et tout disparaît autour de moi.

Sauf elle.

Par automatisme, je m'approche d'Elyna rapidement ou lentement, je ne sais plus. À sa hauteur, mes mains saisissent les deux pans de son écharpe, qui entoure son cou sans être nouée, pour l'attirer doucement vers moi.

— Je suis désolé, je n'ai pas su tenir ma promesse de partir loin de toi, lui dis-je.

Son petit coup de poing qui touche mon torse m'électrocute au passage alors que je l'ai à peine senti. Mon souffle se tarit de plus belle. Elle me sourit timidement, puis hausse une épaule, comme si elle était embarrassée.

— Je croyais que jamais plus tu ne te ridiculiserais avec ce déguisement en public. Et je m'excuse pour tout ce que je t'ai dit que je ne pensais pas, pour tout ce que je t'ai fait subir alors que je ne le voulais pas.

Putain, comme j'aime cette femme ! C'est si fort que c'est irréel.

— Tu sais que tu es complètement tarée, toi ?

— Tu sais que tu es complètement cinglé de revenir vers moi, toi ? me répond-elle d'une voix rauque semblable à celle que j'ai empruntée.

— Je sais.

— Je suis souvent explosive...

— Je sais.

— Un peu sur les nerfs pendant cette période de Noël parce que mes parents ne sont plus là et...

— Je sais...

Je n'en peux plus, j'ai besoin de sentir ses lèvres sur les miennes. Maintenant.

Elle m'a tant manqué !

— Tu sais que moi, je n'arrête pas de te provoquer... que je suis insolent... que j'ai envie de me faire pousser la barbe parce que j'ai froid et... commencé-je.

— Je sais… et je te préviens, je suis complètement timbrée, Noël… et je monte très vite dans les tours si jamais tu as l'audace de regarder une autre femme que moi…

— Je sais et je m'en fous… parce que je te calmerai sur l'oreiller…

Elle rit, je ris et une larme roule sur ses joues. C'est un miracle qu'elle m'accepte enfin dans sa vie.

Rectification de mon avis d'hier. À partir de cette année, tous mes Noëls seront géniaux.

Mon sourire se fait la malle, car je vais lui parler sérieusement.
Et je veux qu'elle comprenne bien le sens de mes paroles.

Je lâche les pans de son écharpe et enferme ses mains dans les miennes, provoquant une décharge électrique en dépit de nos moufles. Nos bouches ne se tiennent plus qu'à quelques centimètres l'une de l'autre. Son souffle tiède pénètre en moi et son odeur m'envahit comme une sucrerie vanillée que je rêvais de respirer une nouvelle fois.

Je prends son visage entre mes gants puis, avant de l'embrasser, je la préviens une bonne fois pour toutes :

— Maintenant, on arrête les conneries. Je pars avec toi à Paris, puisque tu ne veux pas rester à Montréal. J'appellerai la Pitié-Salpêtrière pour leur annoncer que je reviens et l'hôpital de Montréal pour leur dire que je ne ferai que les trois jours cette semaine. Je veux qu'on essaye tous les deux et c'est la seule façon pour pouvoir être ensemble. Je te veux, toi. Je pense que je t'ai voulue dès que tes yeux ont dévoré les miens dans l'avion. À ce moment-là, j'ai pensé que tu étais inaccessible. J'ai adoré ta gifle lorsque tu m'as remis à ma place, ça m'a fait penser que je devais m'améliorer pour courtiser une femme. Ce matin, je me suis rappelé mon discours au mariage de Julian et Charlie : j'ai su que moi aussi, j'ai trouvé la bonne personne. Et c'est toi.

Des larmes s'invitent une nouvelle fois dans ses yeux et roulent sur ses joues en feu. Alors, je l'embrasse sans attendre sa réponse, car elle est évidente. Mon baiser est d'abord délicat, tendre ensuite, puis fougueux, pour lui montrer à quel point je la désire dans mon existence. Haletant, je laisse nos fronts se poser l'un sur l'autre.

— Depuis que tu es parti, imaginer que tu disparaisses totalement de ma vie m'a été insupportable et inimaginable. Moi aussi, j'ai trouvé la bonne personne. Et c'est toi, Noël. Tu es mon cadeau, cette année. Celui que j'ai demandé au père Noël... me souffle-t-elle.

Je m'écarte pour mieux la regarder.

Ses yeux brillent.
Je respire profondément.
Et je déglutis.

C'est maintenant ou jamais.

— Je t'aime, Ely. Et toi, tu m'aimes ?
Elle n'hésite pas une seconde avant de me retourner mon sentiment.
— Je t'aime, Noël.
Je l'attire vers moi et l'étreins dans mes bras. Autour de nous, des gens applaudissent, des flocons tombent. Une chanson résonne au loin, mélangée aux cris de joie de Julian et Charlie. Un petit garçon dit à sa mère que le père Noël a une fiancée. Alors, nous rions aux larmes.
— J'ai loupé quoi au déjeuner ? lui demandé-je en l'enlaçant par la taille.
— En apéro fromage, en entrée des saucisses, puis de la volaille avec de la purée de pommes de terre au coulis de canneberge, ensuite

un pudding avec des raisins secs et des noix. Je suis désolée que tu ne sois pas venu à cause de moi.

— Il n'y avait pas de *Christmas crackers* ?

— Non, de quoi s'agit-il ?

— Avant de commencer le repas, la tradition veut que tous les convives ouvrent leur *Christmas cracker*. Des espèces de grosses papillotes qui contiennent un cadeau symbolique à l'intérieur et une couronne en papier que nous devons porter pendant tout le repas. Chacun prend une poignée et tire dessus jusqu'à ce que la papillote craque !

— C'est toi qui devais les apporter, Noël ! s'écrie Julian sur le ton de l'ironie.

— C'est vrai, c'est moi. Alors, on remet ça demain ?

— Oui !!! s'écrient Julian et Charlie.

Cette fois, Elyna m'attire contre elle et prend l'initiative de m'embrasser à en perdre haleine.

— J'adore lorsque tu prends des décisions comme celle-ci, lui chuchoté-je à l'oreille.

— D'accord. Alors, ce soir, je te veux nu, dans la salle de bain et c'est moi qui choisirai le menu, me rétorque-t-elle.

Bordel ! Je ne sais pas si j'arriverai à attendre.

— D'accord, je serai au rendez-vous, mais demain, je suis de garde ce soir, enfin, dans deux heures.

— Demain, d'accord. Et après l'amour, que fera-t-on ?

— Je dormirai dans ton lit, mais je te préviens, c'est à tes risques et périls.

— Et ensuite ?

— On recommencera…

— Et après ce que l'on recommencera ? Tu ne me proposes pas de découvrir ton pays ?

Mon sourire s'élargit et le sien est sublime.

— Après-demain, je te propose une virée en traîneau à chiens.

— Non, je n'aime pas qu'on utilise les animaux pour…

— En raquettes à neige ?
— Fait trop froid…
— Pêche sur glace ?
— Je ne sais pas pêcher en temps normal, alors sur glace !
— Motoneige ? Serrée contre moi…
— D'accord, me dit-elle avec un clin d'œil.

J'incline la tête et prends mon air canaille.

— Tu ne le sais pas encore, mais tu vas m'épouser.

L'émotion nous transporte et j'entends battre mon organe vital à l'unisson avec le sien.

Je viens de lui faire ma demande ! Et c'est ce que je veux : pour la première fois de ma vie, je n'ai aucun doute.

— Est-ce ta façon de me demander en mariage ? me demande-t-elle.
— Peut-être…

Elle lève un œil espiègle vers moi, tandis que je la scrute.

— Tu ne le sais pas encore, mais ce sera dans un an, ici, à Montréal…

Mon cœur fait un saut d'au moins deux mètres.

Attends. Elle vient de m'annoncer que…

— Est-ce ta façon de me dire oui ? lui demandé-je, le souffle court.
— Tu le sais très bien…

Je m'approche d'elle et la respire.

— Dis-le-moi encore… lui chuchoté-je contre l'oreille.
— Oui, je veux t'épouser dans un an… me confirme-t-elle d'une voix étranglée par l'émotion.

Je plonge mes yeux dans les siens. Et elle frémit.

— Tu sais que tu es complètement timbrée de me dire oui ? On ne se connaît finalement pas trop…

Elle fronce son nez.

— Je sais. Mais toi, tu ne sais pas à quoi tu t'engages… car, le timbré, c'est toi… je suis peut-être une psychopathe…

Je lui souris. Je suis heureux. *Très* heureux.

— Je sais, et tu m'emmerdes...
— Toi aussi, tu m'emmerdes...
— Il va falloir que je te fasse taire... parce que tu m'agaces terriblement...
— Qu'est-ce que tu attends, si je t'agace... ?

Nos lèvres fondent l'une sur l'autre, se soudent et se réchauffent tandis que nous nous emportons dans un tourbillon de bonheur.

C'est le plus beau Noël de ma vie.
Et il y en aura beaucoup d'autres.

Chapitre 18
La surprise

Une fois à la maison, nous arrosons nos retrouvailles. Sur le canapé, collés l'un à l'autre, j'enroule mon bras autour de sa taille. Je suis si bien que cela me paraît trop beau pour être vrai. J'ai attendu ce moment pendant de longs jours pourtant si courts.

Elle est sexy et curieusement porte un T-shirt blanc et un jeans, comme moi. Nous nous sommes coordonnés par télépathie…

Je ferme les yeux et renifle son cou. Elle sent bon la vanille, alors qu'elle ne met jamais de parfum, je le sais, maintenant.

— J'ai envie de toi… lui chuchoté-je en frottant mon nez contre son épiderme avant de reprendre ma place.

Charlie arrive avec des chocolats chauds et des gaufres. Julian la suit de près. Je la regarde et lui fais un clin d'œil qu'elle me rend.

— La vie est vraiment bizarre, votre rencontre, et puis tout ça ! s'exclame Julian. Dans tous les cas, je suis si content pour vous deux ! Qui l'aurait cru !

— Oui, c'est vrai ! Dire que notre première rencontre, c'était dans un avion alors que je venais de demander un homme comme cadeau au père Noël ! lance sa sœur.

— Et c'était moi ! lui chuchoté-je en la ramenant encore un peu plus vers moi, dans ce canapé qui s'enfonce sous notre poids.

Ce canapé qui pourrait grincer sous nos ébats…

— Oui, c'est vrai ! C'était une idée géniale de réserver deux places côte à côte ! Vous avez pu faire connaissance dans l'avion, s'exclame Charlie.

Je me fige.

Bordel, j'ai oublié de lui avouer ce détail !

— Quoi ? Qu'est-ce que… ?

Elyna se tend et je desserre mon étreinte d'instinct, m'attendant à ce qu'elle me demande des comptes.

— Tu veux dire que notre rencontre n'était pas le fruit du hasard ? m'interroge-t-elle en me fixant.

Incapable de soutenir son regard, je préfère fuir. Enfin, le temps de trouver comment m'en sortir.

— Charlie ? demande Julian. Tu peux m'expliquer ? ON avait dit qu'on n'interviendrait pas ! s'énerve-t-il.

Bordel ! C'est le bordel…

— Julian, que se passe-t-il ? Vous vouliez me maquer avec lui ? Vous m'avez forcé la main ?

Charlie bafouille et rougit jusqu'aux oreilles, consciente qu'elle a gaffé.

— C'est moi qu'il faut blâmer, je voulais juste vous donner un petit coup de pouce. De toute façon, où est le problème puisque vous vous aimez ? Vous allez même vous marier ! Et Noël était tellement content de te rencontrer d'abord dans l'avion !

Silence de mort.

Elyna se lève d'un bond, et mon cœur tombe. Je l'ai dupée, c'est vrai. Je sais qu'elle déteste les mensonges, car son connard d'ex l'a trahie. Mais notre cas est différent et nous avons dépassé ce stade.

J'ai juste oublié de lui avouer ce détail, merde !

— Je ne peux pas aimer un menteur, me crache-t-elle, énervée.

— Ely, je… .

Elle me coupe et je suis désespéré.

Pourquoi fait-elle un fromage de cette histoire ?

— Il n'y a pas d'Ely ! Pourquoi tu ne m'as pas dévoilé ton identité dans l'avion ? Charlie nous a payé des billets avec des places côte à côte, OK, mais toi, tu le savais et tu ne m'as rien dit. Tu m'as menti délibérément !

Je me lève à mon tour, puis passe une main nerveuse sur son visage avant de lui répondre.

C'en est trop.

— Tu n'as jamais fait d'erreur, toi ? lui lâché-je.

— Non, mais je rêve ! N'inverse pas les rôles !

Je fais une moue approbatrice et me désigne d'un doigt.

— D'accord. Je suis fautif. J'assume. Je t'ai menti. Parce que tu m'aurais rejeté d'emblée. Julian m'a dit que tu étais inabordable, un cœur pas disponible depuis l'histoire avec ton ex, et je te précise qu'il ne m'a rien raconté du tout de ce qu'il s'est passé avec ce connard de Noah qui t'a fait du mal. Alors, j'ai préféré te provoquer, car je ne savais pas comment m'y prendre. Une manière d'aborder la femme qui me plaisait par le jeu. Séduire une femme n'est pas si simple, surtout lorsqu'elle te plaît.

— Comment ça, je te plaisais déjà ?

— Je suis tombé amoureux de ta photo, celle que j'ai vue dans leur salon. J'ai dit à ton frère : cette femme, il me la faut. Ça, je te l'ai déjà dit.

— Parce que tu crois qu'il suffit de dire qu'il te faut quelqu'un pour l'avoir !

— Julian m'a dit : c'est ma sœur et c'est pas touche.

— Ça ne t'a pas arrêté, dans l'avion !

— Parce que lorsque je t'ai vue en vrai, tu m'as rendu fou de toi.

— Je vais te dire ce qui s'est passé : tu m'as séduite dans l'avion pour que j'écarte les jambes pour toi et le pire, c'est que tu as réussi. Tu n'es qu'un connard !

Putain, je ne sais jamais comment je dois faire avec elle !

« Plutôt que de lui parler et de te défendre, tu te tires ? »

La voix de la raison, qu'a toujours été mon frère, se fait jour dans mon cerveau.

Tu m'emmerdes, Noa ! Laisse-moi prendre l'air, histoire de voir comment je peux rattraper le coup !

Je secoue la tête mentalement.

« Toi et moi, il faut qu'on ait une conversation, Noël. »

La voix de mon frère me fait capituler. J'ignore le motif.

Il a raison, plutôt que de m'expliquer, je me tire.

Encore.

Une fois à l'extérieur, je tourne autour du quartier comme un lion en cage. Je ne sais plus à quel moment je stoppe mes pas devant sur ce foutu banc que Charlie a choisi pour embellir sa petite cour derrière sa maison.

Tout allait bien et d'un coup, tout part en vrille.

« *C'est parce que vous devez vous apprivoiser.* »

— Tu as sans doute raison, Noa, mais c'est dur.

« *Le fait de vivre est éprouvant.* »

Je lâche un rire railleur et m'assieds sur cette banquette qui me gèle le cul.

— Mais mourir l'est encore plus.

Voilà que je parle avec la voix de mon frère logée dans ma tête. Je suis dingue.

« *Tu as tort, les morts ne souffrent plus, la difficulté la plus grande subsiste pour ceux qui restent sur Terre.* »

— Tu étais toujours raisonnable. Celui qui me soufflait quoi faire. Depuis, je suis devenu un connard qui fuit à la moindre difficulté. À ton décès, maintenant…

« *Arrête, la culpabilité ne t'apportera rien de bon. Tu soignes des gens chaque jour. Ton cœur est gros comme ça. Tu es une belle personne généreuse, Noël. Tu as toujours donné sans compter.* »

— En attendant, je suis congelé et je parle à un fantôme, ris-je.

« *Peut-être que oui, ou non. Je te l'ai déjà dit. Je ne te laisserai tranquille que lorsque tu te caseras. Charlie a trouvé Julian, le mec que j'ai mis sur son chemin pour qu'elle m'oublie. Quant à Ely, je l'ai choisie pour toi, d'une manière indirecte. Et je veux que tu m'oublies à ton tour. Enfin, pense encore à moi de temps à autre, mais pas avec tristesse. Souviens-toi des bons moments passés ensemble. Respirer pour ce qui n'est plus n'est pas une solution. C'est maintenant et demain qui comptent.* »

— Tu es manipulateur, en fait, comme lorsque tu étais vivant.

J'entends son rire grave, comme s'il était présent. Et ça me fait du bien.

« *On ne change pas la nature profonde des gens, même après.* »

— J'aurais souhaité te la présenter en vrai. Que tu assistes à mon mariage dans un an. Que tu regardes mes enfants grandir…

« *Je serai là, Noël, toujours. Enfin, sauf quand tu coucheras avec elle.* »

— J'espère bien, je ne veux pas que tu la voies nue ! m'esclaffé-je.

« *Noël, je vais te quitter, maintenant, parce que tu es prêt à me laisser partir.* »

— Noa ! le retins-je.

Mon cœur s'affole, je ne veux pas qu'il parte, qu'il m'abandonne définitivement.

« *Noël, vis ta vie, et laisse-moi m'en aller. C'est ce que je désire. Ne me retiens plus.* »

— C'est dur, frérot. Je n'ai pas pu te sauver.

« *Oh si, tu l'as fait ! C'est moi qui t'ai refusé ce que tu me donnais. Pour une fois, j'ai gagné ! Tu gagnais toujours les paris que nous faisions, tu te souviens ? Noël, mon temps sur cette planète s'était écoulé. Charlie n'avait plus besoin de moi pour grandir. Et toi non plus, maintenant. Chaque âme sur Terre a une mission et moi, j'ai accompli la mienne. Je dois m'en aller. Ailleurs…* »

Des larmes s'invitent sur mon visage.

— Ce n'est pas juste. Ta disparition est imméritée.

« *Je sais, mais c'est la vie que j'ai choisie.* »

— La vie ? Mais tu es décédé !

« *La mort fait partie de la vie. On se retrouvera, frérot. Je te le promets. Et je suivrai ton existence, juste là, dans ton cœur.* »

Il me semble si réel que je sens sa main s'enfoncer dans ma poitrine.

— Je t'aime, Noa…

« *Je t'aime, Noël…* »

Je frissonne et mes paupières lourdes s'ouvrent lentement. Je mets un temps à remarquer que je me suis endormi sur le banc derrière la maison de Charlie et Julian.

Bordel ! C'était un rêve ou j'ai vraiment parlé à mon frère ?

Un rayon de lune m'effleure, puis au moment où l'astre disparaît dans le ciel, une chaleur indescriptible réchauffe mon cœur, mon corps et mon âme.

Comme s'il était là. En moi.

Je souris comme un con, alors que je suis frigorifié.

Je me redresse et prends mon téléphone dans ma poche. Dix appels manqués. Tous de Charlie. Inutile de les lire, elle doit m'incendier.

Si je n'attrape pas une pneumonie, je me bourre la gueule.

Soudain, l'image d'Elyna flotte dans mon esprit.

Non, j'ai une meilleure idée.

Je vais, moi aussi, choisir ma vie.

Chapitre 19
La vie

— Ely, je t'en prie, ne raccroche pas, c'est trop bête ! Je vais te poser une question.

Je suis devant la porte, prêt à entrer dans la maison. Mais comme je ne sais pas si elle se trouve derrière, je m'abstiens. Pour le moment. Juste le temps de lui faire la déclaration qui m'est venue d'un seul coup.

— Noël ? Ne raccroche pas… toi.

Je soupire avant de reprendre la parole.

— Je t'aime plus que ma vie, à un point que tu n'imagines même pas. Je ne peux plus m'imaginer vivre sans toi, ne plus te voir chaque jour.

— Ce n'est pas une question, ça…

— Ely… est-ce que tu m'aimes ?

— Oh, Noël, j'avais peur que tu m'échappes…

— Ça veut dire quoi, Ely ?

— Ça veut dire que je suis dingue de toi, enfoiré !

— Alors, ne perdons pas de temps avec des conneries.

J'ouvre et entre dans la maison. Comme prévu, elle est derrière. Et elle me sourit, radieuse.

— Il suffit que tu rentres dans une pièce pour que ma journée s'illumine, et tout à l'heure, j'ai cru que le monde s'écroulait, lui déclaré-je.

Elle secoue la tête et pince les lèvres, sans doute pour ne pas pleurer.

— Je suis désolée.

J'avance d'un pas.

— La vie est injuste et courte, il faut profiter de chaque instant comme si c'était le dernier. Le jour où on s'est rencontrés, j'ai perdu un patient sur ma table d'opération et lorsque l'homme devant moi s'est effondré alors que j'attendais pour embarquer, je me suis dit que la vie n'était que la mort. Lorsque j'ai su que je l'avais sauvé, je me suis dit que l'idée tordue de Charlie pour que je t'aborde, c'était une chance avec toi. Car c'était la vie.

— Attends, c'est l'idée de Charlie ?

J'avance de deux pas.

Mon cœur ne bat plus en rythme, tant il déraille.

— Cette femme est complètement timbrée, comme moi, mais comme c'est la façon dont elle a abordé ton frère, elle y a vu un truc génétique. Je me suis dit bêtement que je devais essayer. J'avoue que j'y suis allé un peu fort, mais je ne regrette rien. J'ai voulu te dire qui j'étais à l'atterrissage, mais tu as déchiré ma carte de visite.

— Tu… je croyais que tu…

J'avance encore et toujours vers elle.

Ses pieds se mettent en marche, vers moi.

Je respire mieux.

— Je voulais que tu découvres mon nom, comme ça, je me serais excusé, mais je sais aujourd'hui que tu ne m'aurais laissé aucune chance. Donc, tu as eu raison de ne pas l'accepter, même si te voir la détruire m'a planté un couteau en pleine poitrine…

— Je voulais un homme pour Noël et je t'ai eu toi. Dans l'avion, j'ai eu envie de toi et je n'ai jamais eu envie d'un homme comme ça avant… Ça tient toujours, toi nu dans la salle de bain… et que je fasse de toi ce que je veux ?

J'avance toujours et toujours vers elle.

Nos souffles tentent de s'empoigner et mon cœur dérape à fond en sautant quelques battements au passage.

— J'aimerais bien, mais je dois y aller, j'ai mes trois jours à faire à l'hôpital et je suis de garde. Mais je ne voulais pas partir sans être certain d'être pardonné.

— Et… après ?

— Je te l'ai déjà dit, je repars avec toi à Paris, que tu le veuilles ou non.

— Tu sais comment me mettre au pied du mur, Noël…

La chaleur de son corps m'atteint et m'enroule.

Nos deux cœurs battent à l'unisson.

— Tu sais, la patiente que j'ai perdue m'avait supplié de l'opérer alors que l'intervention était très risquée, mais elle m'a convaincu lorsqu'elle m'a avoué qu'elle voulait vivre encore un peu pour être avec l'homme qu'elle venait de rencontrer le temps qui lui restait à vivre sur Terre. Et je l'ai opérée, je lui ai rallongé la vie, elle s'est mariée. C'était il y a deux ans. À Noël. Malheureusement, la deuxième opération n'a pas marché, j'aurais voulu qu'elle vive encore plus. Son pronostic était d'un an et elle a profité de deux ans de bonheur.

Pourquoi se prendre la tête avec des pacotilles ?

— Et nous, quel est notre pronostic si nous décidions de ne pas perdre de temps ?

Je ne suis plus qu'à quelques centimètres d'elle. Mon genou se pose à terre.

Ses yeux se dilatent. Elle devine mes intentions. Mon cœur n'a jamais été aussi rapide.

— Elyna, veux-tu m'épouser la semaine prochaine à Las Vegas ?

— À… Las Vegas ?

Je hoche la tête et elle reprend la main.

— Tu… Noël… je…

— Un oui me suffit. Mais attention, sache que tu ne me quitteras que lorsque tu partiras les pieds devant !

— Alors, c'est oui !

Elle n'a pas hésité une seconde. Je me redresse et la soulève pour la faire tournoyer dans les airs, jusqu'au moment où je décide de la serrer contre mon cœur. Lentement, je la repose sur le sol, en glissant son corps contre le mien.

— Noël, du coup, on est réconciliés ?

— Je crois…

— Et tu dois vraiment partir ?

— Oui, des patients m'attendent, mais demain, gare à toi…
Oui, demain, je trouverai un moment pour la voir pendant ma pause.

Je réduis l'espace entre nous, puis ma bouche s'écrase sur la sienne pour un baiser qui nous laisse à bout de souffle.

Merci, Noa. Maintenant, tu peux partir.
Et vivre ta vie.

Chapitre 20
Rebelle

— Je ne veux pas les Bahamas, merde, Noël !

Julian braille depuis au moins cinq minutes, depuis qu'il a découvert mon cadeau de mariage. Charlie jubile.

— Et si on partait ensemble à quatre ? intervient ma fiancée.

Il bat des cils une fois.

— Tu déconnes, là ? Une lune de miel, c'est un voyage de noces, quoi ! On fait des choses et…

— On peut toujours faire des trucs, à quatre et en couple d'une manière indépendante, reprends-je.

À mes côtés, Ely croque un gâteau à la cannelle, me donnant envie de me servir directement dans sa bouche. J'ouvre la mienne et accepte le bout qu'elle y introduit. Ensuite, elle m'embrasse et parvient même à me chiper une miette en l'aspirant sur mes lèvres.

— Tu vois, là, vous êtes dégueu, je ne veux pas assister à vos ébats ! s'insurge Julian.

Charlie commence à passer l'aspirateur à deux mètres de nous comme une démente. Elle a l'air contrariée. Julian grimace comme si le son de l'appareil l'importunait.

— C'est parce que tu as posé ton cul sur la table basse qui est juste devant nous que tu nous vois, me justifié-je.

Il souffle.

— Bordel, Charlie, t'es obligée de faire le ménage maintenant ? lui crie-t-il.

Sa femme nous dévisage et le fusille du regard. Elle arrête l'aspi pour lui lancer une tirade. Ely se colle à moi en enroulant ses bras autour de ma taille. Son corps chaud contre le mien, accompagné d'un baiser furtif sur ma joue me rend dingue.

— Un cadeau, c'est un cadeau ! s'époumone-t-elle.

Julian se gratte la tête.

Bienvenue dans le club, mon pote. Les filles, hein !

— Te fous pas de ma gueule, toi ! me crache-t-il.

— Je n'ai rien dit, moi ! me défends-je en dessinant une auréole virtuelle au-dessus de mon crâne.

Et pour une fois, c'est vrai !

Je ris et je frissonne au moment où ma meuf mordille le lobe de mon oreille, juste avant de chercher à passer sous mon T-shirt pour toucher mon torse. Son doigt dévie légèrement vers la braguette de mon jeans. Ma queue se réveille.

Si elle continue, je vais la prendre ici, devant tout le monde. Parce que je n'aurai pas la patience d'attendre pour nous enfermer dans notre chambre.

Je suis débile, dingue depuis qu'elle m'a attrapé dans ses filets… et j'adore, maso que je suis.

— Entre nous, petit frère, qu'est-ce qui te gêne vraiment ? C'est une bonne idée de partir à quatre ! lui demande-t-elle en se désintéressant de moi.

Mon doigt s'aventure sur *sa* cuisse et *la* caresse machinalement en pleine conscience.

— C'est trop cher, un voyage aux Bahamas, avec tous les extra que tu as ajoutés, Noël… j'aurais voulu payer le *trip* à ma femme moi-même.

Lorsqu'il me répond d'une manière triste, j'arrête de mordiller le lobe de ma fiancée instantanément. L'aspirateur se coupe une seconde plus tard. Charlie s'approche de lui et prend place à ses côtés. S'ils continuent à s'agiter comme ça sur la table, elle va céder sous leur poids.

— Julian, je t'aime, lui dit-elle seulement.

Leurs yeux se rencontrent d'une manière intense. Sans aucun mot, ils fondent l'un sur l'autre et se dévorent comme s'ils étaient au régime depuis des siècles.

Au bout d'un moment, elle le lâche et ils se sourient.

— Je t'aime tellement, Charlie…

— Tu me le prouveras après, OK ? On doit d'abord faire le ménage, lui répond-elle en prenant congé.

Elyna se lève à son tour et lui propose son aide. Je proteste un instant lorsque je la vois partir, car j'avais des plans différents. À la place, je récupère Julian.

On s'affale sur le canapé en se laissant aller contre le dossier, tout en épiant nos nanas avec nos regards affamés de prédateurs.

Ça fait très cliché : les mecs au repos et les femmes à la maison.

— Je ne sais pas ce que je ferais sans elle, Noël.

Nos yeux se croisent.

— Je ressens la même chose pour ta sœur.

Il soupire.

— L'existence est étrange quand même. Si ton frère n'était pas mort, on ne se serait jamais rencontrés. Moi avec Charlie et toi avec Elyna.

Noa me revient en mémoire.

— C'est la vie. Le destin. L'univers. Rien n'arrive par hasard ni par accident. Tout est prémédité. Tout.

Charlie s'active autour de son homme. Elle essuie la table devant lui, en se retournant, lui montrant son derrière. Julian me dévisage un instant, interloqué.

— Elle me cherche, mon pote, me souffle-t-il.

Je hoche la tête en riant.

Elyna se pointe, à son tour. Elle porte un short et un top si minuscules que je durcis d'un seul coup. Je suis certain qu'elle vient de se changer pour m'aguicher. Elle prend l'aspirateur et quand elle se penche vers moi, que je vois ses nibars, je dois vraiment penser à autre chose qu'à son corps nu et à ses gémissements lorsqu'on copule. Jamais je n'ai trouvé une meuf aussi *sexy* en se trémoussant avec un balai.

Je regarde Julian, qui m'attend déjà.

— Charlie, on va se charger des corvées.

Nous prononçons cette phrase en même temps. Et je suppose que notre idée derrière la tête est identique.

Ely et Charlie s'arrêtent, puis nous dévisagent comme si nous étions fous.

— Tu sais comment faire ? me demande Elyna, *a priori* étonnée par ma proposition.

Je me lève et j'empoigne l'appareil. Bien sûr ! Me prend-elle pour un mec qui regarde le foot une bière à la main après le boulot sans aider sa femme qui bosse aussi dur que lui ?

— Tu sais m'attendre dans ton lit ? lui rétorqué-je à la place.

Son sourire malicieux me fait bander à un point inimaginable.

— Finalement, c'est pas mal, l'idée des Bahamas, nous fait remarquer Julian.

— Tu dis ça pour que je t'accepte dans notre pieu, hein ? lui rétorque Charlie.

— Sans doute !

— Alors, OK !

Elles nous abandonnent à nos corvées pendant que nous nous attelons à la tâche d'une manière expéditive. Pendant tout ce temps, mes pensées ont vogué à hier, lorsque Ely est passée à l'hôpital à la fin de mes consultations. Nue sous son manteau. Et qu'on a fait l'amour dans la salle de garde. C'était si bon, bordel !

Putain, je dois m'activer !

Deux heures plus tard, et une douche en prime, je file dans la chambre d'Ely, impatient de la retrouver enfin.

Elle m'attend comme prévu, avec un détail qui fait bondir ma queue : son corps est enroulé dans une blouse d'infirmière qu'elle a dû se procurer je ne sais où.

Sûrement à l'hôpital, lorsqu'elle est venue me voir pour me faire du charme.

Elle pose ses mains au-dessus de sa tête et bouge son bassin, les cuisses serrées. Son vêtement se relève jusqu'à la limite de sa culotte et je salive déjà.

Putain...

— Dis donc, docteur Leclerc, vous en avez mis, du temps, pour faire le ménage...

Sa voix vibrante et ce son érotique me font presque éjaculer tout de suite.

Je m'approche d'elle et enfonce mes genoux de manière à les disposer de chaque côté de ses jambes. Elle mate mon torse nu et mes poils se hérissent.

— Et attends-toi à ce que je sois encore plus long avec toi, lui dis-je.

Elle pose une main sur son cœur et commence à gémir alors que je ne l'ai pas touchée.

— J'ai l'impression que je fais de la tachycardie... là... me souffle-t-elle en se caressant le sein gauche.

Je souris d'un air canaille.

— Je vais devoir te déshabiller pour t'ausculter, alors...

Ma voix est rauque, et mon appétit insatiable d'elle revient au galop.

— Tu ne portes rien sous ton jogging ? me dit-elle en mordillant ses lèvres.

Ses pupilles dilatées s'enfoncent entre mes jambes.

Je secoue la tête lentement de gauche à droite et abaisse légèrement mon vêtement sur mes hanches, conscient de l'effet que j'ai sur elle.

— Bordel, Noël, tu m'excites à fond !

Sans prévenir, j'ouvre sa blouse d'un coup sec. Elle pousse un petit cri, puis imite celui d'une tigresse.

Ouais, je connais le cri d'une tigresse. De la mienne.

— J'ai envie que tu me prennes tout de suite, sans préliminaires et que tu me fasses l'amour comme une bête, Noël, me dit-elle avec hargne.

Je retire mon pantalon d'un geste efficace, me décale un peu, puis la retourne sur le ventre. Elle halète déjà et moi, je crois que cette fois-ci, je suis bon pour l'asile.

Je soulève son petit cul et prépare mon assaut.
— Demain, je te soignerai, parce que je te jure que tu auras des courbatures dans le moindre muscle de ton corps.
— Bordel, Noël, je transpire de partout, qu'est-ce que tu attends, *enfoiré* ?

Son insulte fait l'effet d'un puissant aphrodisiaque qui augmente encore mon désir d'un cran si c'est possible.

La pièce chauffe, alors qu'une tempête de neige sévit à l'extérieur et que le vent hurle contre les carreaux de la fenêtre.

Puis je m'enfonce en elle d'un seul coup de reins, avant de m'arrêter trois secondes pour savourer l'instant.

Je suis chez moi en elle.
Chez moi.

Et puis, je repars comme un dingue. Mon corps contre le sien.
Pour n'en faire qu'un.

Un tourbillon de folie, de désir, d'érotisme
et d'amour nous emporte dans notre monde.
Nous décollons loin, très loin.

Et notre vie commence maintenant.

Épilogue
Semaine du Nouvel An

— Tu es anxieuse ?

Elyna se ronge les ongles depuis que nous avons quitté la maison de son frère. Je comprends son inquiétude. Si je devais rencontrer ses parents pour la première fois, je pense que je serais dans le même état qu'elle. Mais nous ne pouvons pas repartir à Paris sans que je la présente aux miens. Une promesse est une promesse.

Et j'ai envie que mes parents fassent sa connaissance. J'en ai besoin, c'est important pour moi.

Je lui saisis la main et la pose sur mon genou.

J'ai loué une Chevrolet pour l'occasion, le bus est trop impersonnel et j'ai rendu ma voiture de location. Ça nous donne l'opportunité de nous parler et de commencer à nous connaître davantage. Quand j'ai proposé à Elyna de prolonger ses vacances à Québec, pour les terminer avec moi, elle n'a pas hésité. J'ai envie qu'elle découvre la ville où je suis né, dans laquelle j'ai grandi. Même si plus tard, je l'ai quittée pour Montréal avec mon frère lorsque lui et moi avons décidé de devenir médecins.

— Non, pas vraiment.

Elle soupire. Je lui jette un coup d'œil furtif avant de refixer la route.

— Tu sais, contrairement à ce qui se raconte, nous ne vivons pas dans des cabanes de bois dans la forêt, et l'hiver ne s'étend pas sur neuf mois, tenté-je de plaisanter.

— Je déteste le froid tout de même, mais ça me dirait bien de revenir en été.

Un spasme s'empare de mon estomac. Comme si elle devait apprécier tout comme moi, alors que chacun est unique et je dois l'accepter. D'ailleurs, ce trait de caractère me plaît chez elle : elle n'acquiesce pas à tous mes désirs pour me faire plaisir. Mais elle vit pleinement ce qu'elle aime.

— Parfois, je me dis que ce serait bien que je déménage ici. Mon frère est là, avec sa femme. Il aura sans doute bientôt des enfants.

Son aveu devrait me faire plaisir, mais j'ai un problème. Elle ne parle pas de moi.

Sa main serre mon genou et je déglutis.

— C'est vrai qu'on se connaît à peine, tous les deux, lui dis-je.

— C'est un fait, mais on a tout le temps pour ça.

Elle lâche un petit rire stressé avant de poursuivre.

— Ce que je veux dire, par ce que j'ai dit tout à l'heure… Bref, je sais que tu préfères vivre au Québec et moi…

Je retiens mon souffle. Elle a raison. J'apprécie d'être ici. Mais je l'adore plus, *elle*.

— Peut-être que si je découvrais le Canada en été, tu réussirais à me convaincre ! reprend-elle.

Nouveau coup d'œil en sa direction. Assez pour apercevoir ses iris brillant d'amour pour moi.

Elle serait prête à se sacrifier pour moi ?

Je souris.

— Tu as raison, j'adore mon pays. Mais c'est toi que je préfère. Finalement, Paris n'est pas si mal. On pourra venir en vacances ici deux fois par an. Qu'est-ce que tu en dis ?

— OK, ça marche.

Le silence s'étire et je lâche sa main un instant pour mettre la radio en route. Garou chante un titre que j'aime beaucoup. *L'amour est violent*.

— C'est une chanson qui nous ressemble un peu, pouffe-t-elle.

Je hoche la tête en souriant. Elle poursuit.

— Noa… je pensais que c'était une femme. Une ex qui avait beaucoup compté pour toi. Parce que Noa, sans H, en France, c'est souvent… enfin, je l'ai déjà vu porté par une fille.

— Jalouse ?

— Horriblement.

— Moi aussi. Je le suis.

Nouveau coup d'œil à la dérobée. J'ai l'impression qu'elle ne me lâche pas du regard une seule seconde pendant tout le trajet.

— Si on m'avait prédit que je serais fiancé à Noël avec un Canadien, qui en plus travaille dans mon hôpital, je ne l'aurais jamais cru !

— Et aussi bien membré, ris-je.

— Oh, bordel ! Ça, c'est vrai, quand je l'ai vu la première fois, je me suis dit que ça n'allait jamais entrer chez moi ! se marre-t-elle.

L'atmosphère dans l'habitacle se détend et lorsque j'aperçois ma rue, la maison en bois de mon enfance, mon cœur s'affole.

J'espère qu'elle appréciera mes parents.

— On arrive, lui dis-je.

— J'ai peur qu'ils ne m'aiment pas, Noël.

Je coupe le moteur lorsque le véhicule est garé devant la porte de ma maison natale. Nos regards plongent l'un dans l'autre.

— Ils t'aiment déjà, tu penses ! Une meuf qui les débarrasse de leur fiston insupportable ! plaisanté-je.

Elle m'assène une tape sur le crâne.

— Ne parle pas comme ça d'eux ! Ni de toi !

— Je suis lourd, *borderline*. J'ai un appétit sexuel hors norme. Et j'ai envie de te sauter, petite peste.

— Enfoiré ! Tu m'excites juste avant de rencontrer tes parents, c'est déloyal !

Je me penche vers elle et je l'embrasse par surprise, pendant que de deux doigts, je déboutonne son jeans. Elle gémit et tente de se dégager en jouant, puisqu'elle essaie de trouver le chemin pour soulever mon pull.

Ma main se faufile dans sa culotte pour constater qu'elle est déjà trempée. Je durcis.

Je m'écarte d'elle, laissant un filet de salive relier nos deux bouches. Elle halète.

— C'est pour te détendre, lui dis-je entre deux inspirations.

— T'es fou ! Devant chez tes parents ! Que vont-ils penser de moi, si jamais ils nous voient ? me dit-elle en reprenant sa respiration.

— OK, j'arrête, alors, lui réponds-je.

Elle prend une bouffée d'air et me presse.

— Jamais de la vie !

Je passe un pouce sur sa fente.

— Oh, bordel… vas-y, Noël ! ajoute-t-elle, hors d'haleine.

— À vos ordres, mademoiselle…

Je la doigte avec application en cherchant son point G et ses paupières se ferment. Elle s'abandonne aux sensations que je lui procure, puis pousse un gémissement rauque qui me rend fou. Et lorsque du coin de l'œil, je remarque que la porte de la maison s'efface, je stoppe tout. Les yeux d'Ely s'ouvrent. Elle lèche ses lèvres, puis d'une main attire ma nuque contre elle, pour enfouir sa langue dans ma bouche.

— Pu…tain… E.. ly… arrrrêtttteeeee.

Elle me lâche un instant. Juste le temps d'une phrase.

— Enfoiré, tu ne vas pas me laisser comme ça ! Achève le boulot, j'ai besoin de cet orgasme, pour me détendre !

Du coin de l'œil, je vois maman sortir et regarder ma voiture.

Putain… c'est pas possible.

Je tente de me dégager, mais sur ce coup-là, Ely est plus forte que moi.

Oh, et puis merde…

Je termine ce qu'elle me demande et la regarde atteindre l'extase. Ce spectacle me ravit à un point insupportable pour ma queue. C'est comme si j'y parvenais moi aussi par procuration.

Elle produit un long gémissement que je masque avec ma bouche tandis que maman toque à la vitre. Elyna me mord sûrement involontairement (ou pas) et je pousse un cri. Elle récupère ses esprits à une vitesse record, puis lorsqu'elle remarque une femme à la fenêtre tout sourire, son visage s'affole.

Je l'aide à reboutonner son pantalon discrètement, puis fais signe à ma mère de ma paume libre, avec laquelle je lui dis bonjour.

— Putain, Noël, tu as vu ce que tu as fait ?! Maintenant, elle va me prendre pour une nymphomane ! râle ma fiancée.

— Parce que ce n'est pas ce que tu es, Ely ?

Je m'attendais à un coup de poing sur le ventre ou le flanc, mais à la place, sa main touche mon entrejambe et le malaxe sous les yeux de maman, qui fait mine de regarder sur le côté. Ou alors, elle ne voit rien, car mes vitres sont légèrement teintées.

Non, mais elle est barge ou quoi ?!
Je... elle a des doigts de fée, putain...

Je la retire le souffle court, avec une envie démentielle de la pénétrer, mais je ne peux pas. Puis j'adresse un sourire niais à ma mère, qui a été rejointe par mon père. Ils arriment leurs visages à la vitre pour mieux nous apercevoir et tapotent dessus.

Maman me fait un clin d'œil, putain...

— Bon, maintenant que j'ai réussi à te durcir, présente-moi.

Ely me lance un sourire malicieux. Je suis au bout de ma vie, là, j'ai besoin de jouir et je ne peux pas. La femme qui m'a donné la vie, devant notre voiture, m'en empêche.

Mes parents font comme s'ils n'avaient rien vu et accueillent Ely comme leur fille. Rien d'étonnant, ils ne veulent que mon bonheur ! Le dîner est génial et je pressens que notre séjour sera formidable, même s'il sera court. Puisque nous avons prévu de rester ici jusqu'au 3 janvier.

Plus tard, dans ma chambre d'ado, dans mes draps avec des motifs de voitures, nous gisons tous les deux. Elle posée contre mon torse, et moi caressant machinalement son bras.

La pièce est plongée dans l'obscurité, uniquement éclairée par les rayons de lune. On s'est sauté dessus trois fois et entre deux, on parle, pour récupérer et pour faire plus connaissance.
— Quelle est ta couleur préférée ? me demande-t-elle.
— Le blanc.
— C'est dingue ! Moi aussi !
— Et ton loisir préféré ?
— Le boulot...
— C'est dingue ! Moi aussi !

Elle acquiesce à tout ce que je dis. Je redresse la tête, plisse les yeux. Elle me lance un regard malicieux.
— Je rigole, je ne m'appelle pas Alicia, hein !

Je l'embrasse pour la faire taire.
— On avait dit qu'on arrêterait avec les conneries *de ce style*, lui rappelé-je.
— D'accord, ma couleur préférée, c'est le rouge et mon loisir préféré, c'est le sport en chambre avec toi...

Je lui offre un nouveau baiser rapide, puis reprends ma place initiale.
— Et ton plat favori ? poursuit-elle.
— Toi.
— Tu es romantique quand tu le souhaites.
— Tu es douce, quand tu le désires.

Elle pince mon estomac et je m'esclaffe.

Nos jambes s'emmêlent et sa main trace un sillon de ma poitrine jusqu'à mon bas-ventre, je frissonne.
— Tu as envie qu'on vive tous les deux à Paris ? me demande-t-elle.

Elle me regarde et nos yeux s'embrassent passionnément.

— Tu ne le sais pas encore, mais j'ai quelques idées d'appart à Paris pour nous à te proposer, me lance-t-elle sans attendre ma réponse.

— Je n'ai plus de logement là-bas, alors, si tu veux qu'on habite ensemble tout de suite, ça ne me pose aucun problème.

Et c'est vrai. Notre cohabitation va très bien se passer, je le sais.

— Enfoiré ! C'est juste parce que tu n'as plus d'endroit où crécher !

Je pouffe et décide de jouer un peu avec elle.

— Pour quelle autre raison ?

— Moi, je ne veux pas. J'aimerais qu'on fasse appart à part.

Un truc me pince la poitrine.

— Tu déconnes ?!

— Non.

Son refus sonne comme un couperet et me fait mal.

Ensuite, son corps se secoue et bientôt, son rire apparaît. Elle s'est foutue de ma gueule. Je respire.

Ça m'apprendra à la taquiner.

Elle redresse la tête et me vole un baiser. Je soupire.

— Bien sûr que je veux. J'ai envie de t'entendre ronfler, péter au lit ! s'esclaffe-t-elle.

— Je ne ronfle pas et je ne pète qu'aux chiottes ! m'offusqué-je.

— Oh, mais monsieur est susceptible, on dirait…

Son ton est éraillé et me fait trembler.

— C'est vrai, je ronfle ? lui demandé-je. Jamais aucune fille ne me l'a dit !

Ouais, je ne peux pas m'empêcher de la charrier avec mon insolence légendaire…

— Ah, parce que tu as déjà dormi toute la nuit avec une autre que moi !

Elle s'énerve, j'adore.

Mais je sais maintenant m'arrêter avant que ça ne dérape.

— Jamais, lui dis-je en redevenant sérieux.

— Moi non plus… enfin, avec mon enfoiré d'ex, pendant…
Je la coupe, pas envie d'entendre son histoire.
— On s'en fout du passé.
— Tu n'as pas répondu à ma question.
— Laquelle ?
Elle souffle.
Ouais, je suis lourd.
— L'appart qu'on partagera ensemble, mes propositions…
Je la serre un peu plus vers moi. Et l'embrasse sur le sommet du crâne.
Elle soupire.
— D'accord, on regarde ça très vite, lui dis-je.
Elle change de sujet.
— Tu… tu as déjà démissionné ?
— J'ai fait mieux. J'ai repris ma place à Paris.
Je ne sais pas si j'ai bien fait. Retrouver mon poste ou en demander un autre ailleurs. À cause de Lisa, la seule infirmière que j'aie baisée une fois. Mais c'est de l'histoire ancienne. Et elle ne sera plus dans mon service.
— J'ai eu une aventure avec une fille à Paris, mais c'est terminé, lui avoué-je.
Sa main arrête ses caresses, la mienne reprend pendant que je lui apporte des précisions.
— Hey, c'est du passé qui n'a pas compté pour moi. Si je repars en France, c'est pour être avec toi.
— Elle travaillait avec toi ?
Mon cœur se met à battre rapidement. Non pas parce que je me souviens de Lisa, c'était un coup d'un soir sans importance, pendant lequel je n'ai pas pris mon pied. Mais parce que je crains *sa* réaction.
Bordel, on est en couple, il faut que je sois transparent jusqu'au bout !
— La réponse est oui, je le sais. Mais tu as raison, on va laisser le passé là où il est, termine-t-elle à ma place.

Sa tête se redresse et sa bouche me donne un baiser chaste. Mon nez frotte contre le sien tendrement et elle soupire.

— Il va falloir qu'on mesure notre jalousie, afin qu'elle ne devienne pas trop extrême.

— Et aussi qu'on s'apprivoise peu à peu, ajoute-t-elle.

Elle sourit et je fais de même.

Mon cœur cogne comme un timbré et bat pour elle.

— On y arrivera, m'assure-t-elle.

— On y arrivera.

Elle se met à califourchon sur moi. Ses mèches tombent en cascade sur son visage d'ange. Elle est si belle, si à moi que j'ai l'impression que je nage en plein rêve.

— Tu ne ronfles pas, et même si c'était le cas, je m'en ficherais, parce que je te veux avec moi. Pour toujours. Je veux vieillir avec toi, avoir des cheveux blancs en même temps que toi. Je veux avoir des rides et te faire l'amour jusqu'à la fin des temps. Je veux que tu me fasses de beaux enfants aussi, j'ai envie de me reproduire avec toi.

Elle veut… je suis aux anges. Ma poitrine se gonfle de joie, une larme coule sur ma joue. Celle qui n'a jamais osé se matérialiser de cette façon avant, parce que je ne m'autorisais pas à pleurer. Ce qu'elle me chuchote est si puissant que je n'ai pas de phrases pour lui dire que je désire la même chose qu'elle.

Elle l'efface d'un coup de langue et m'embrasse à en perdre le souffle. On se comprend sans mots, et c'est enivrant d'avoir déjà cette première complicité si tôt dans notre relation.

Puis, lorsqu'elle me lâche, j'emprisonne son visage entre mes mains.

— Putain, Ely… je t'aime tellement !

Ses yeux me transpercent.
— Moi aussi, je t'aime tellement, Noël…

Oui, on y parviendra, car maintenant, l'important, c'est nous et notre amour avec toutes les couleurs de l'arc-en-ciel, qu'elles soient sombres ou claires, vives ou pastel.
Même celles qui n'existeront que pour nous.

Et surtout, nous sommes la bonne personne l'un pour l'autre.
Et lorsqu'on trouve la bonne personne, rien ne peut nous atteindre.

Rien.

Parce qu'à deux, on est plus forts.
Et que notre amour déjà si puissant le deviendra encore plus au fil du temps.

Nous sommes des âmes sœurs qui ont enfin été réunies. Et je ne remercierai jamais assez l'univers pour ça.

Ou mon frère, Noa…

Livres parus : catégorie romance

Aux éditions Addictives
BLIND DATE e-book en 2019 et broché en 2021
BOSS IN BED 2021 e-book
(1re édition 2020 sous le titre de WICKED BOSS)

Aux éditions Alter Real – e-book et broché
MON FAUX FIANCE ET MOI 2021
MON ENFOIRÉ DE COLOC' 2022

Aux éditions Butterfly – e-book et broché
MON PIRE CADEAU : UN CONNARD SEXY 2021

Aux éditions HARPERCOLLINS (Collection &H)
BOSS OUT OF CONTROL e-book 2022
(Sortie papier février 2023)

Aux éditions BOD – e-book et broché
L'INCONNU DE NOËL ET MOI 1 : version Elyna 2020
L'INCONNU DE NOËL ET MOI 2 : *sensual wedding* 2021
BAD BOY & WORKING GIRL : 2022

Suivez-moi dans les réseaux sociaux !

https://www.facebook.com/evabaldarasauteure/

Eva Baldaras romancière | Facebook

https://www.instagram.com/baldarasauteure/?hl=fr

https://twitter.com/evabaldaras?lang=fr

TikTok Eva Baldaras (@evabaldarasauteur)

Visitez ma chaîne YouTube

https://www.youtube.com/playlist?list=UUwqNrLXUC10xeIYI2Yf52aA

Toutes mes actualités et mes livres sur mon site internet !

www.evabaldaras.com

À bientôt !